Schmöller Heide
STADTKARTE
STENKELFELD
Maßstab 1 : 14 000
0 100 200 300 400 500 600 700 m
nach Heringsmoor, Sottrup
OT Schmöller Heide
Klein-gärten
Kreis-krankenhaus
nach Foxtrup
Sozialamt
Jan-Ullrich-Denkmal
Blomkeallee
Onkelring
Martin-Semmelrogge-Stiftung
Stenkelfelder Gau-Brauerei
Boiterkamp
Onkelweg
Kieswerk
Holtmanns-wiese
Wurst-fabrik
Schützen-haus
Gilde-Baum
Schießst.
Stenkelfelder See
Gasthof Knollmeyer
Kanalschleuse
Zweigkanal Stenkelfeld
nach Grundhagen

Detlev Gröning · Harald Wehmeier
ndr 2
Stenkelfeld
DAS BUCH
KAMIN ROT
GANSER & HANKE
BUCHVERLAG
Illustration:
Axel Dissmann

Liebe Leser,

Wo findet ihr denn überhaupt die Themen? fragte uns einmal besorgt eine Fleischerei-Fachverkäuferin aus Henstedt-Ulzburg, deren Stiefsohn alle fünf **Stenkelfeld**-CDs besitzt. Als auch noch ein Gemeinschaftskundelehrer aus dem Thüringischen darum bat, einen werkgeschichtlichen Abriß zu erhalten, um in der Sekundarstufe 2 die Funktionsbestimmung der lohnabhängigen Intelligenz und ihres Platzes in der gesellschaftlichen Klassenstruktur zu definieren, erläutern und diskutieren, wurden wir schwach. In der Tradition **wichtiger** Schriftsteller mit **wichtigen** Büchern wollen wir es im folgenden unternehmen, die Geburts- (besser Ur-)Sekunde der entscheidenden Inspiration für die Behandlung des einen oder anderen Sachverhalts zu dokumentieren.

Amoklauf im Förtzke-Baumarkt

„Wer Las Vegas nicht mag, sollte am besten gar nicht erst hinfahren", sagt ein altes Indianer-Sprichwort. Für uns ist es nicht nur das schnelle Geld, das am Black-Jack-Tisch lockt, sondern vor allem der Sonnenuntergang über der Wüste von Nevada, wenn sich seine letzten Strahlen auf der Dachterrasse des **Treasure-Bowl** in einem Fläschchen Sechsämtertropfen brechen.

An einem dieser Abende, gerade als die rosa schimmernden Hänge des Mount Charleston in der Dunkelheit versanken, steuerte Paul Anka, der ein paar Schritte weiter im **Caesar's Palace** gastierte, etwas linkisch auf unseren Tisch zu, nahm seinen ganzen Mut zusammen, und fragte, ob er uns auf einen gerührten Dornkaat mit Eis und Oliven Gesellschaft leisten dürfte. Nach einigem Hin und Her stimmten wir zu, und das sollte unser Schaden nicht sein:

Umwerfend: Der herrliche Blick von der Dachterrasse des „Treasure-Bowl Hotels" auf Las Vegas Glitzermeile

Nach dem fünften Glas rückte Paul endlich mit dem raus, was ihm unter den Nägeln brannte:

„Ich finde, Ihr solltet mal was über diese Scheiß-Baumärkte machen, wo man immer so blöd angemuffelt wird!"

Was für eine Idee! Jetzt gab ein Wort das andere, und der Abend wurde noch ziemlich lang.

Ja, ja, Las Vegas...

Wer wird Herbstmeister

An den grauen Hamburger Novembertagen, an denen uns die bläulich flackernden Neonröhren rund um die Uhr die Tristesse des Büroalltags ins Gemüt träufeln, zieht es uns nach Feierabend immer wieder nach Kapstadt, wo eine milde Frühlingssonne die Seele tröstet und kein Zeitunterschied den Lebensrhythmus durcheinanderbringt. (Die kurzen Florida-Trips lohnen kaum die Qualen des Jet-Lags am nächsten Arbeitstag.) An der Zufahrt zu seinem Anwesen am Fuß des Tafelbergs erwartet uns dann immer schon ungeduldig Mijnheer van de Karkerhoff, der die größten Diamantenminen in der Gegend besitzt und seit der Veröffentlichung von **Die Heizungsableser kommen** (Stenkelfeld **Die Dritte**; Selected Comedy Nr. 96007) irgendwie einen Narren an uns gefressen hat. Zu den saftigen Orangenfilets, die nach den frisch gegrillten Gambas auf den Tisch der Veranda seines viktorianischen Schlößchens kommen, wird stets ein hausgemachter Kakaolikör gereicht, dessen exklusives Rezept die dicke, farbige Köchin Djikolele aus ihrer finnischen Heimat mitgebracht hat.

Kurz und gut: An einem dieser Feierabende entspann sich eine längere kultursoziologische Diskussion über Probleme der literarischen Wertung nach dem Ende der Apartheid, in dessen Verlauf Mijnheer van de Karkerhoff wissen wollte, wer wohl nach unserer Einschätzung dieses Jahr das Zeug zum Herbstmeister in der Fußball-Verbandsliga Schleswig-Holstein hat...
Wir hätten uns beinahe an einem der köstlichen Papayaschaum-Makrönchen verschluckt.

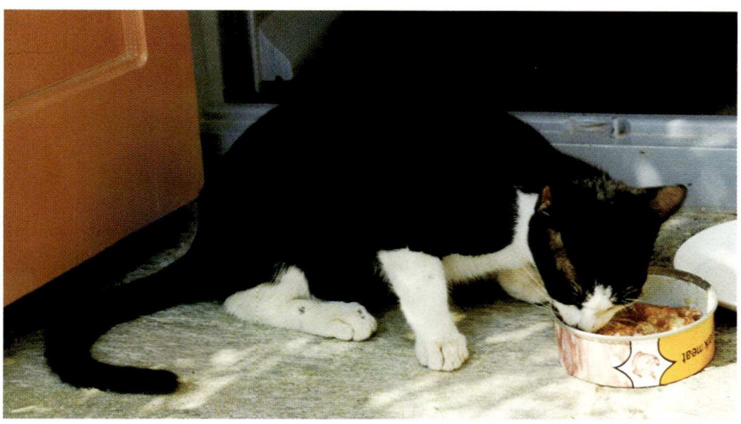

Die rhodesische Rassehündin „Athena" freut sich über eine gute Verbandsliga-Thüringer

Ein Hammerthema!
Als Belohnung für diese Anregung mußten wir dem alten Buren versprechen, gleich nach dem nächsten Wochenende für seine rhodesische Jagdhündin **Athena** ein paar gegrillte Thüringer von der Spielvereinigung Eidertal-Molfsee mitzubringen. Wir taten's gern.

Trainingscamp zum Winterschlußverkauf

Seit uns Scheich Alfadji von Atbarah die schneeweiße Luxusyacht „Fatima" – Stolz seiner Flotte und Perle des Nils – als Gegengeschenk für eine Originalpressung der ersten Stenkelfeld-CD (**Stenkelfeld**, Selected Comedy Nr. 00295) überließ, kreuzen wir während des tariflichen Freizeitausgleichs gelegentlich durch das zauberhafte Niltal zwischen Quina und El Faiyum.

Es war im April '94, als uns auf halbem Wege der Präsident der Ägyptischen Historischen Gesellschaft, Sir Aaron Saphirstein, an die alte Kaianlage von Al Minya winkte. Saphirstein hatte telegraphisch von unserem Stück **Die Bahnhofstoilette** (**Stenkelfeld – Die Letzte**, Selected Comedy Nr. 97011) erfahren und wollte es sich nun nicht nehmen lassen, uns als erste Gäste durch die bislang ungeöffnete Grabanlage des Pharaos Imm-Hothep des IV. aus der 8. Dynastie zu führen. Im stickigen Labyrinth der über 3000

Perle des Nils: Unser Kabinenkreuzer „Fatima" bei der Einfahrt in den historischen Hafen von Al Minya

Jahre alten Grabkammer kamen uns mit **Auf der Minigolfbahn**, **Tuppa-Party bei Oma Röhrmöller** sowie **Im Freibad** drei tolle Themenideen, die wir jedoch sofort wieder verwarfen.
Saphirstein war es dann, der den Knoten platzen ließ: In der Königskammer selbst, die sein Assistent zuvor hastig mit der Spitzhacke aufgebrochen hatte, murmelte er beim Anblick der kostbaren Grabbeigaben: ***„Sonst macht doch mal was über dieses Gehetze nach Billigramsch im Winterschlußverkauf!"***

Gesagt, getan. Spontan hockten wir uns auf den Rand des offenen Sarkophags und kritzelten die Geschichte auf der Rückseite einer der herumliegenden Pergamentrollen in zwei Stunden runter, während Saphirstein pausenlos unterwegs war, um uns mit Espresso und Mandelhörnchen bei Laune zu halten.
Die hübsche, massivgoldene Totenmaske des Pharaos, die heute die Wand der NDR-Gästetoilette ziert, erinnert eindrucksvoll an die Entstehung dieser Geschichte.

Die Wohnungs-Endabnahme

Die Steppenbewohner vom Maralinga-Stamm im australischen Hochland zwischen Fortescue und dem Witjira Nationalpark gehören zu den letzten unentdeckten Völkern dieser Erde. Dem Fremden gegenüber verhalten sich diese Ureinwohner normalerweise scheu und feindselig.

Unsere Geschichte von der **Tankstellenmode** (**Stenkelfeld – Zugabe**; Selected Comedy Nr. 98002) brach jedoch schnell das Eis. Seitdem sind wir gern gesehene Gäste, wenn wir – gestreßt vom Senderalltag – inzwischen regelmäßig in die bescheidene Behaglichkeit ihrer Reisighütten flüchten. Zunächst gewöhnungsbedürftig aber dann ein Riesenspaß ist das von den Maralingas über alles geliebte **Monkey-Cricket**, bei dem ausgehöhlte und gehärtete Schimpansenköpfe mit dem Oberschenkelknochen eines Zebrafohlens aus großer Entfernung in den Beutel eines gepfählten Känguruhs geschlagen werden müssen. Eines Abends, als auf dem anheimelnden Herdfeuer des Häuptlingszeltes die kandierten Koala-Augen schmorten (die später mit einer gehaltvollen Soße aus Ochsenbutter und Hornissenhonig serviert werden; dazu wird Straußeneier-Likör gereicht), nahm uns plötzlich Uluru, der Stammesälteste, geheimnisvoll zur Seite:
„Der Ältestenrat hat beschlossen, daß ihr etwas über das nervige Gefeilsche um die Rückzahlung von Mietkautionen machen müßtet. Ihr habt zwei Monde, um es zu bedenken."
Ach, Uluru... Deine Idee war so gut, daß wir es in zwei Stunden schafften und noch am gleichen Abend alle gemeinsam darüber lachen konnten.

Nicht jedermanns Sache: Ein kräftiger Eintopf aus Blattschwanz-Geckos gehört zu den Lieblingsspeisen der australischen Ureinwohner.

Wir könnten noch hundert andere dieser kleinen Begebenheiten erzählen, nur um zu erklären, wie sich dieser ganze Stenkelfeld-Kram im Laufe der Jahre zusammengefunden hat. Alltag eben. Und das sagt eigentlich alles.

Liebe Grüße

Detlev Gröning

Harald Wehmeier

Der Illustrator: Axel Dissmann

– Biographie –

Axel Dissmann

- Geboren am 27.02.1966 in Hamburg, keine Komplikationen.
- Schullaufbahn 1986 unbehelligt mit dem Abitur abgeschlossen.
- Von 1989 bis 1994 Studium an der Fachhochschule für Kommunikationsgestaltung Hildesheim/Holzminden, gefördert vom Studentenwerk Braunschweig.
- 1991 Kauf eines schwarzen Ford Fiesta inklusive Front- und Heckspoiler.
- 1994 beurkundeter Dipl.-Des. (FH) an der FH Hi/Ho. Seit dieser Zeit Ehrenmitglied bei „Humpen Hildesheim".
- Seit 1994 selbständiger Grafiker und Illustrator mit Firmensitz an der "Waterkant", Gotenstr. 13, 20097 Hamburg
- Internet-Präsenz: http://www.waterkant.de

Inhaltsverzeichnis

Eine Ortschronik

760
Während der Völkerwanderung zieht sich der keltische Klempnermeister Johannes Sögel im Höcklager Tal bei einem Scharmützel mit heranrückenden Karthagern eine schwere Kopfverletzung zu, verliert dadurch den Anschluß an seine Sippe und gründet mit seiner Schwester Martha eine Familie, deren Nachfahren die heutige Einwohnerschaft bilden.

1012
Der Komet „Zimbo Dermatologis" zerstört zum wiederholten Mal das Gewerbegebiet der frühzeitlichen Ansiedlung.

1340
Erste urkundliche Erwähnung Stenkelfelds in einer flüchtigen Notiz des Hunnenkönigs Erwin K.

1427
Baron Bertram v. Önkel entdeckt die Gewinnung von Alkohol aus Hühnereiern. Dies führt unmittelbar zur Gründung des ersten Schützenvereins.

1780 bis 1816
Keine besonderen Vorkommnisse.

1830
Schlechte Trainingsbedingungen führen zur Auflösung der „Motorsportfreunde Alt-Struchtrup e.V".

1897
Der Wechsel von Sonnenschein und stärkerer Bewölkung bietet im gesamten Jahresverlauf ein reizvolles Naturschauspiel.

1944

Der VFR Stenkelfeld übersteht ersatzgeschwächt die 1. Hauptrunde im DFB Bezirkspokal.

1958

Der Heimatdichter Justus Bölter veröffentlicht seinen Lyrikband „Elfen, Gnomen und Pronomen“.

1965

Missionare dringen von Osten kommend in das Höcklager Tal und beginnen gegen Widerstände mit dem Bau der Sottruper St. Johannis-Kathedrale.

1966

Im Gasthof Knollmeyer scheitert das Experiment, Kaffee auch auf der Terrasse in Tassen zu servieren.

1970

Wilhelm Oelgemöller übernimmt ehrenamtlich die Stimmenauszählung bei der Kommunalwahl und ist seitdem ununterbrochen Bürgermeister von Stenkelfeld.

1975

Das Betreten von Grünflächen wird im gesamten Landkreis untersagt.

1993

Die Nachricht vom Tode Elvis Presleys läßt die Bevölkerung kalt.

1995 bis 1998

Kulturjournalisten erforschen erstmalig den Ort und dokumentieren ihre Recherchen auf fünf CDs und in diesem Buch.

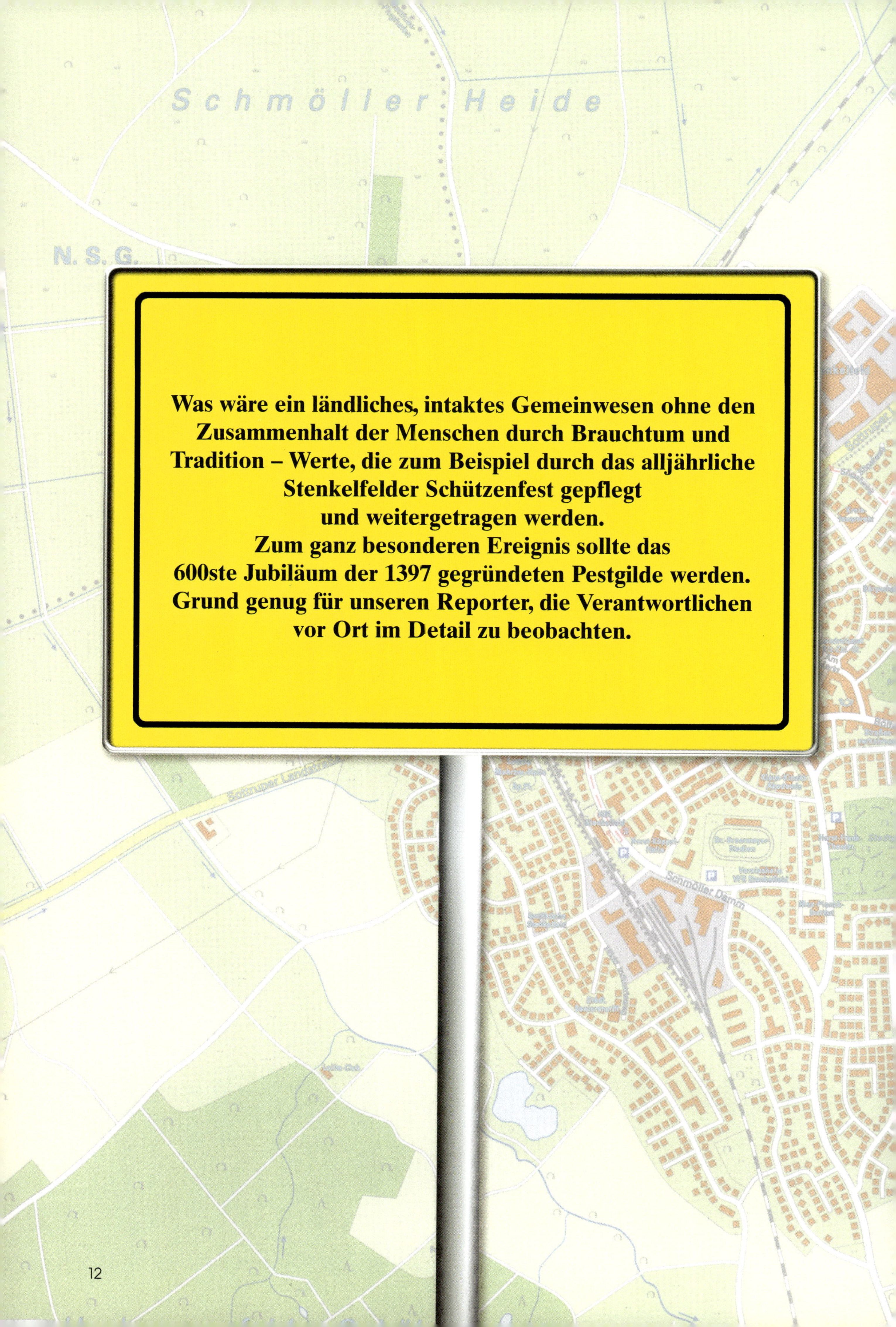

**Was wäre ein ländliches, intaktes Gemeinwesen ohne den Zusammenhalt der Menschen durch Brauchtum und Tradition – Werte, die zum Beispiel durch das alljährliche Stenkelfelder Schützenfest gepflegt und weitergetragen werden.
Zum ganz besonderen Ereignis sollte das 600ste Jubiläum der 1397 gegründeten Pestgilde werden. Grund genug für unseren Reporter, die Verantwortlichen vor Ort im Detail zu beobachten.**

Das Schützenfest

Das Schützenfest der Stenkelfelder Pestgilde von 1427 begann am letzten Wochenende nach altem Brauch mit dem Empfang der Gildebrüder im Ständesaal des Rathauses. Traditionsgemäß fehlen die Gildeschwestern – die Rolle der Damen erschöpft sich nach strengem Ritual in der Herstellung der Türgirlanden sowie niederen Bewirtungsdiensten.

In einem eindringlichen, bewegenden Grußwort hob Bürgermeister Oelgemöller, angetan mit der Paradeuniform des Dragonerregiments **Baron v. Bentheim**, den Vorbildcharakter der Gilde für das moralische und sittliche Empfinden der Bevölkerung hervor:

„Festliches Beisammensein in fröhlicher Runde ist gerade in der heutigen Zeit, äh…, da kann es keine zwei Meinungen geben!"

räsonierte der Bürgermeister, flankiert von zwei schwankenden Bannerträgern, die noch ganz unter dem Eindruck des vorausgegangenen Gildefrühstücks (80%iger Rübenbrand mit einem Spritzer Himbeergeist) standen und mit glasigen Augen ins Nichts starrten.

„Deshalb werden wir auch in Zukunft unser gefestigtes Gemeinwesen ohne Wenn und Aber – und dies freut mich besonders für die Jugend – mit Tradition und Heimatliebe im Sinne unserer Vorväter in Ehren halten."

Nach einem festlichen Umtrunk aus dem Zinngeschirr der Höcklager Klostervereinigung folgte die Festgesellschaft bei herrlichem Sonnenschein und 28 Grad im Schatten dem Fanfarenzug des Kriegervereins Heringsmoor zum Festzelt auf der Holtmannswiese, immer wieder unterbrochen durch Darreichungen eiskalten Weizenkorns von buntbeschürzten Anwohnerinnen entlang der Strecke. Nach den Ehrentänzen von Hofstaat und Gefolge ging es dann zum traditionellen Gildeschluck, einer nach geheimen Rezepten gebrannten Mixtur aus Kräuterlikör und Sellerieköm, aufgefüllt mit reinem Alkohol und serviert in den Original-Holzschuhen der Pestköhler Leihschaft von 1519. Mit Gustav Gnöttgen wurde alsdann ein sichtlich gelöster zweiter Ältermann behutsam ans Mikrofon geführt.

Ohne Abschweifung brachte Gnöttgen den Wertewandel der Gilde auf den Punkt:

„In einer Zeit der Verwahrlosung und des Werteverfalls muß es unsere Aufgabe sein… äh, also, daß wir dafür sorgen, gegen Unordnung und verkommene Sitten, hier, wollen mal sagen… äh, anständig alles durchzuführen.

Deshalb laßt uns mit erhobenen Gläsern eintreten gegen Remmidemmitum, Nestbeschmutzung und Betreten der Grünflächen!!!“

Ein buntes Bild bot sich dann beim rituellen Totentanz um den Gildebaum, bei dem die mit Rotem Aufgesetztem gefüllten Zylinder der Leichenbittergesellschaft von 1748 geleert werden müssen, ohne etwas zu verschütten.

Nach der Ehrung der Gefallenen aller Kriege seit 1268, bei der nach alter Sitte pro Krieg jeweils ein doppelter Eiergrog schweigend eingenommen wird, schritt man endlich zur feierlichen Branntweintaufe der neuen Mitglieder, wobei hochprozentiger Branntwein nach altem Brauch mit einer großen Schöpfkelle aus Pulverfässern des Burgenvereins Schmöllerheide verabreicht wird.

Einen weiteren Höhepunkt erfuhr das Gildefest dann beim festlichen Ansaugen am historischen Starkbierbrunnen der Stenkelfelder Gaubrauerei von 1933 durch das neue Königspaar **Helmut der Willenlose** und **Sigrun die Stadtbekannte**.
Anstelle eines vorhergehenden, zeitraubenden Vogelschießens reichte dem Gildevorstand diesmal eine Bonitätsauskunft der Stadtsparkasse, daß die neuen Majestäten mindestens für ein Jahr zur Finanzierung des wöchentlichen Champagner-Konvents in der Lage sind.

Beim traditionellen Erbrechen auf der Festwiese, zu dem seit eh und je Kartoffelschnaps aus Blumenvasen gereicht wird, erinnerte Gustav Gnöttgen noch einmal – im Rahmen der ihm verbliebenen Möglichkeiten – an die besondere Verantwortung der Gilde gegenüber der heranwachsenden Jugend:

„Als Hü...üter von Ehre, Anstand unnn... Dissssiplin... müssen wir den jungen Leuten ein Vovorbild geben, damit sssie nich mit Rrrauschgift un Drogen von der schiefen Bahn abkommen oder sogar die Türen mit'n Fuß aufmachen oder auf den Heizkörpern sitzen und leere Flaschen 'rumstehen lassen!!! Und damit... erklläre ich unsere nneue Apfelkorntränke als Treffpunkt für jungunnalt als für jetzt eröffnet.“

Nach dem beliebten Rumlenzen, bei dem weißer Rum mit einem Schuß Magenbitter aus der Schiffsglocke der Seglerkameradschaft von 1840 gereicht wird, verzögerte sich das abschließende Heimleuchten der Majestäten, weil dem Königspaar nach dem historischen Glühweinkollegium am Schießstand die eigene Adresse entfallen war.

Mit einem schmetternden Platzkonzert vor dem Kreiskrankenhaus klang dann ein rundum gelungenes Schützenfest im Morgengrauen aus.

Sch fest
1997
Gaubrauerei von 1933
Pestgilde

Stenkelfeld

Abgesehen von den eben skizzierten, im ländlichen Brauchtum verankerten Ausschweifungen, geht auch in Stenkelfeld, wie bereits im Rest der Republik, der Trend immer mehr in Richtung gesunder Vollwerternährung. Doch woran soll der öko-bewußte Verbraucher das hochwertige Produkt aus biologischem Anbau erkennen? Viele verlassen sich bei ihrer Kaufentscheidung auf scheinbar untrügliche, äußere Anzeichen, und hier greift das außerordentlich erfolgreiche Vermarktungskonzept der ***Öko-Överbeck-Bio GmbH****.*

Sie ist Deutschlands bedeutendste Lebensmittel-Großhandlung mit Sitz in Stenkelfeld. Von hier aus werden Wochenmärkte und alternative Naturkostläden beliefert.

Grund genug für unseren Reporter, einmal mit dem Verantwortlichen vor Ort ins Detail zu gehen.

-ÖVERBECK

Herr Överbeck, in der Bevölkerung wachsen die Vorbehalte gegen manipulierte, bestrahlte, gespritzte oder sonstwie vergiftete Lebensmittel. Wie begegnen Sie dieser Furcht des Verbrauchers?

Ja, nun, wir müssen das Vertrauen des Lebensmittelkunden zurückgewinnen! Einfaches Beispiel hier zu sehen in unserem Eieratelier. Da haben wir jetzt 'ne Ladung verstrahlter Batterie-Eier aus dem Südoldenburger Raum, die werden hier einzeln von Hand mit Kotspuren bemalt und dann mit Strohresten beklebt, daß der Verbraucher sofort weiß:
„Aha, diese Eier sind von singenden Landwirtstöchtern mit blonden Zöpfen heimlich aus'm Nest gesammelt worden, als das Huhn gerade nicht da war."
Das hat natürlich seinen Preis!

Stichwort Obst und Gemüse. Auch hier die Angst des Verbrauchers vor Pestiziden, Schwermetallen und Nitraten; können Sie diese Bedenken zerstreuen?

Die zerstreuen wir mit einer aufwendigen Spezialbehandlung zur Reökologisierung von Tafelobst; besonders gefragt ist im Moment unsere Apfelsorte "Boskop Gabriele"...

...die zur Zeit ja leider noch nicht ganz reif ist...

Das hat da ja gar nix mit zu tun; die kriegen wir frisch aus'm Labor in Kapstadt, die fallen bei uns erstmal durch die Plumpskammer, damit sie diese schönen braunen Flecken kriegen, danach drillen wir 1mm-Wurmlöcher und setzen in jedes zweite eine echte Obstmade aus unserer Schädlingsaufzucht, und denn weiß der Käufer:
„Aha, diesen Apfel hat eine freundliche, ältere Bauersfrau von der Holzleiter weg gepflückt, dann ist ihr der vielleicht runtergefallen, da hat sie ihn extra wieder aufgehoben, mit dem Ärmel blankpoliert und in so einen Flechtkorb gelegt, damit nichts verkommt."

Neben **Honig von freischwebenden Heidebienen, Kartoffeln aus Bodenhaltung** und **Kaffee von peruanischen Guerilla-Hügeln** findet besonders Ihr Gemüse das Vertrauen des...

Hermann!!!

ÖVERBECK IST EIN UNTÄTIGER ANGESTELLTER AM ENDE DER HALLE INS AUGE GEFALLEN.

Setz' schon mal die Schnecken in den Wirsing, ich komm' denn gleich!!

Herr Överbeck, wenn ich kurz nochmal die Frage nach dem Gemüse...

Ja, es handelt sich hier um Möhren, Tomaten, Radieschen und Kohlrabi, die extra nach unseren Entwürfen vom Genforschungszentrum Amsterdam entwickelt wurden. Auf unseren Wunsch wurden die Produkte werkseitig vorgeschrumpelt und die Haltbarkeitszeit auf maximal 8 Jahre verkürzt. Bei uns wird das Gemüse lediglich in ein 80 Grad warmes Schlammbad getaucht und erhält dadurch diese wunderbare Erdkruste, wo der Kunde sofort weiß:

„Aha, diese Mohrrübe ist von schwieligen Knechtshänden vorsichtig aus der Krume geborgen worden und hat noch diesen altdeutschen Biß."

Viele Produkte werden ja bei Ihnen einfach nur in alte Jutesäcke bzw. Holzkisten umgefüllt, wohin kommen die Originalkartons?

Auch hier gehen wir einen ökologisch sinnvollen Weg - die werden bei uns feinkörnig geschrotet und kommen als Ballaststoffe in unser Vollwertmüsli; da weiß der Verbraucher sofort:

„Aha, da ist was drin, das schmeckt so komisch, das ist bestimmt gesund."

Bestimmt. Trotzdem wird der Kunde ja hier massiv von Ihnen...

So, nun ist aber Schluß. Wir müssen heute noch 300 Paletten Dosenbohnen trockenföhnen!

Reökologisierung
ja!
ndr 2
J. Överbeck
Hallo Gabriele!
GRÜNER WIRD'S NICHT
ÖKO
ÖVERBECK
GRÜNER WIRD'S NICHT

Stenkelfeld

Das ökologische Problembewußtsein endet in Stenkelfeld keineswegs bei den Nahrungsmitteln. Auch die Umweltbelastung durch Autoabgase wird hier vielleicht in nächster Zukunft kein Thema mehr sein, denn ein merkwürdiges Phänomen wird seit geraumer Zeit vom Kraftfahrt-Bundesamt für den Landkreis registriert:
Trotz steigender Bevölkerungszahlen ist die Anzahl der Neuzulassungen von Kraftfahrzeugen in den letzten Jahren drastisch zurückgegangen und wird – bei gleichbleibender Tendenz – in spätestens 2 Jahren ganz zum Erliegen kommen. Grund genug, die Verantwortlichen für diese Entwicklung einmal an einem Fallbeispiel zu benennen.

-Zulassungsstelle

Montag, 4. Juli:
Schon um 7 Uhr 58 trifft der Lagerist Erwin B. in der Kraftfahrzeug-Zulassungsstelle Stenkelfeld Nord ein, wo der Schalterbetrieb um 9 Uhr beginnt.
Seine Pünktlichkeit wird nicht belohnt. 262 Mitbürger waren schneller. Als jedoch der Kartenautomat für Erwin B. die Wartenummer 316 auswirft, wird klar, daß es sich bei den Schwarzmarkthändlern vor dem Hauptportal um die Inhaber der Nummern 1 bis 54 handelt, die ihre Aufrufziffern zu Preisen zwischen 20 und 180 Mark anbieten.

9 Uhr 6:
Durch das Spalier der schwitzenden Warteschlange – Sitzplätze gibt es nur 16 – bahnt sich Amtsinspektor Alfred Köppel mit eisiger Miene seinen Weg zur Öffnung der Büroräume. Der seit halb sechs wartenden Nr. 3 der Warteschlange raunt Köppel nach einem flüchtigen Blick auf dessen Dokumente im Vorübergehen noch ein nachsichtiges **Nutzfahrzeuge nachmittags** zu und verschwindet in seinem Büro.

9 Uhr 28:
Aufruf des Antragstellers Nr. 1, der auf dem Gelände übernachtet hatte.

9 Uhr 29:
Antragsteller Nr. 1 verläßt als gebrochener Mann den Amtsraum. Die Zündschlüssel für sein Fahrzeug werden später zusammen mit einem Abschiedsbrief und einer ungültigen ASU-Bescheinigung am Ufer des Stenkelfelder Sees gefunden.

11 Uhr 38:
Der maschinelle Stempel auf Erwin B.'s Versicherungs-Doppelkarte wird von Amtsinspektor Köppel als mögliche Fälschung moniert. Beim Versuch, unanfechtbaren Ersatz zu beschaffen, wird Erwin B. auf dem Weg zur Versicherungsagentur wegen überhöhter Geschwindigkeit in einem nicht zugelassenen Fahrzeug vorläufig festgenommen.

Donnerstag, 7. Juli:
Nach einer unruhigen Nacht vor dem Hauptportal des Landratsamtes, in der Erwin B. immerhin auf Platz 15 vorstoßen konnte, sickert durch, daß donnerstags neuerdings nur noch Krafträder bis 500 ccm sowie

landwirtschaftliche Zugmaschinen mit ungeradem Baujahr bearbeitet werden.

Freitag, 8. Juli:
Gegen 12 Uhr 07 gelingt Erwin B. überraschend der Vorstoß an den Schreibtisch von Amtsinspektor Köppel. Der vorherige Antragsteller mußte das Zulassungsverfahren für seine fabrikneue **Borgward Isabella** nach 40 Jahren vorzeitig abbrechen, weil Neuwagen ohne Katalysator nicht mehr zugelassen werden. Da die Frist für Neuanträge werktags um 12 Uhr endet, kommt es nur noch zu einer mürrischen Begrüßung zwischen Erwin B. und Amtsinspektor Köppel und dem Verweis auf die Bürozeiten der nächsten Woche. Erwin B. beschließt, diesmal allen anderen Antragstellern zuvorzukommen.

Montag, 11. Juli:
Nach einem tristen Wochenende im engen Garderobenschrank der Amtsräume hat Erwin B. an Startnummer 1 kein Glück. Der bestens ausgeruhte Amtsinspektor erkennt auf einen Blick die nachlässige Entgratung der Bohrlöcher auf den alten Nummernschildern sowie das teilweise unleserliche Datum auf der Abmeldebescheinigung.
Zu allem Unglück fällt Köppel über eine gravierende Unregelmäßigkeit in den Antragsdokumenten: Erwin B.'s kürzlicher Umzug vom Önkelstieg 31 nach 31 b gehe aus dem letzten ASU-Bericht nicht hervor. Aus einer menschlichen Regung heraus verzichtet Köppel zwar auf Strafverfolgung dieser Tatbestände, muß den Antrag natürlich dennoch ablehnen.

Dienstag, 12. Juli:
Die KFZ-Zulassungsstelle Stenkelfeld ist nicht mehr. Gegen 7 Uhr 32 erschütterte eine gewaltige Explosion den historischen Marktplatz.
Kurz bevor Antragsteller Erwin B. die Bombe zündete, hatte Amtsleiter Köppel mit höhnischen Worten die Plakette verweigert und unter Hinweis auf das fehlende polizeiliche Führungszeugnis des Vorbesitzers und die verjährte Unbedenklichkeitsbescheinigung für die selbstklebende Parkmünzbox den gesamten Antrag abgelehnt.

7 Uhr 54:
Aus den rauchenden Trümmern des Landratsamtes befreien sich verwirrte Menschen ohne Hoffnung.

Antragsteller wie du und ich, die nur mal einen Gebrauchtwagen anmelden wollten.

STENK T1252
322
7
43

Wer am behördlichen KFZ-Zulassungsverfahren wider Erwarten nicht gescheitert ist, stürzt spätestens beim nächsten Wartungsintervall über die recht eigenwillige Preisgestaltung des deutschen Kraftfahrzeughandwerks. Wem es gelingt, seinen Blick von den Tränen der Verzweiflung zu befreien, der vermag hinter den schlichten Inspektionsrechnungen das zu erkennen, was sie in Wirklichkeit sind: Kunstwerke, im buchstäblichen Sinne von Meisterhand geschaffen.

Die Kunstgalerie Stenkelfeld präsentiert:
– 100 Meisterwerke –

Die Inspektionsrechnung

"Qualität hat nun mal ihren Preis", schrieb Heinrich Oertel einmal an einen übereifrigen Rechtsanwalt, *„und unsereins kann es sich nicht leisten, Almosen zu verteilen"*.

Für die Richtigkeit dieser Selbsteinschätzung spricht Oertels **Inspektionsrechnung**, wohl eines der erschütterndsten Werke der Moderne.

Dabei ist Oertel in bestechender Simplifizierung gelungen, woran sich von Dalí bis Picasso eine ganze Künstlergeneration versucht hat: Die Darstellung der Zeit, der unerbittlich verrinnenden, unwiederbringlichen Arbeitszeit, die in der Schlichtheit und Monotonie unseres täglichen Schaffens immer schneller vorbeirasen möchte und gleichsam zur unbezahlbaren Kostbarkeit wird.

Reifendruck teilweise geprüft – 2 Stunden.

In strenger Linienführung und sparsamer Farbgebung führt Oertel unser subjektives Zeitgefühl ad absurdum: **Radmuttern entgratet und überzahnt: 4 1/2 Stunden**, **Bremsscheiben poliert und gefettet: 3 Stunden** oder auch **Hutablage aufgerauht und auf korrekten Sitz überprüft: 7 Stunden.**

Der kargen, robusten Zeitsäule stellt der Künstler immer aufs neue fragile Brechungen gegenüber. Rätselhafte Kleinteile wie Kupplungsriebel, Zündluschen und Hartgummignöbel leiten uns im spielerischen Dissens zu endlosen Zahlenkolonnen am rechten Bildrand.

Oertel will aufrütteln, und seine Mahnung trifft. Ist es doch nicht nur die Zeit, sondern auch das uns fremdartige Ausfüllen dieser Zeit mit skurrilem Tun. Wir müssen innehalten und uns Fragen stellen: Was verbirgt sich hinter stundenlangem **Umwuchten und Plöhnieren einer Gelenkwelle** oder dem **Entlöten einer Manschettennippelschelle gemäß den Empfehlungen des Herstellers** in viereinhalb Stunden?

Oertels **Inspektionsrechnung** hinterläßt uns einsam und ratsuchend – seine Provokation gelingt.

Dem Auftraggeber der Grafik, einem einstmals wohlhabenden Geschäftsmann aus dem Holsteinischen, brachte das Werk kein Glück. Er lebt heute verarmt im Keller einer Fischfabrik an der Westküste.

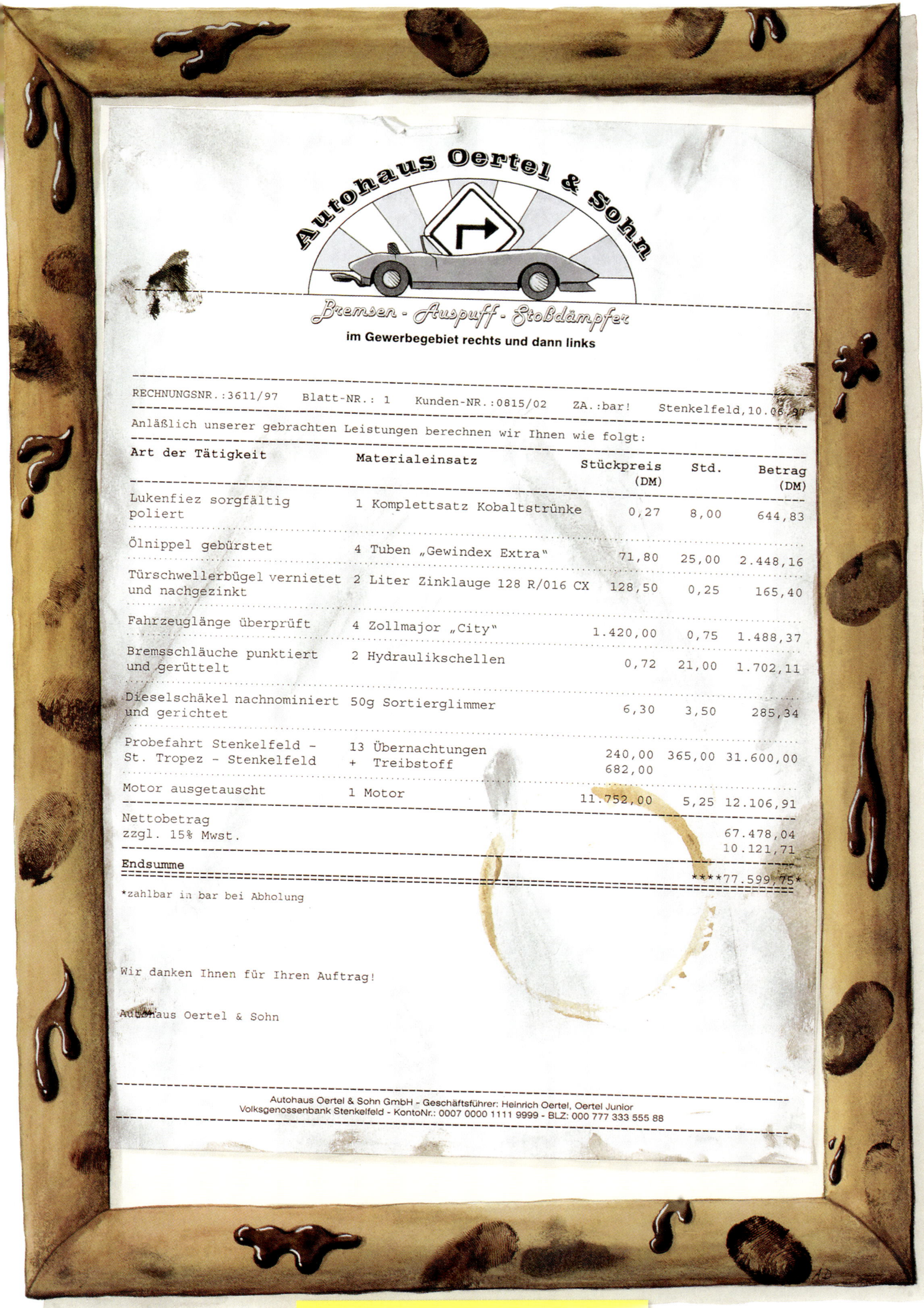

Autohaus Oertel & Sohn

Bremsen - Auspuff - Stoßdämpfer

im Gewerbegebiet rechts und dann links

RECHNUNGSNR.:3611/97 Blatt-NR.: 1 Kunden-NR.:0815/02 ZA.:bar! Stenkelfeld,10.06.97

Anläßlich unserer gebrachten Leistungen berechnen wir Ihnen wie folgt:

Art der Tätigkeit	Materialeinsatz	Stückpreis (DM)	Std.	Betrag (DM)
Lukenfiez sorgfältig poliert	1 Komplettsatz Kobaltstrünke	0,27	8,00	644,83
Ölnippel gebürstet	4 Tuben „Gewindex Extra"	71,80	25,00	2.448,16
Türschwellerbügel vernietet und nachgezinkt	2 Liter Zinklauge 128 R/016 CX	128,50	0,25	165,40
Fahrzeuglänge überprüft	4 Zollmajor „City"	1.420,00	0,75	1.488,37
Bremsschläuche punktiert und gerüttelt	2 Hydraulikschellen	0,72	21,00	1.702,11
Dieselschäkel nachnominiert und gerichtet	50g Sortierglimmer	6,30	3,50	285,34
Probefahrt Stenkelfeld - St. Tropez - Stenkelfeld	13 Übernachtungen + Treibstoff	240,00 682,00	365,00	31.600,00
Motor ausgetauscht	1 Motor	11.752,00	5,25	12.106,91
Nettobetrag				67.478,04
zzgl. 15% Mwst.				10.121,71
Endsumme				****77.599,75*

*zahlbar in bar bei Abholung

Wir danken Ihnen für Ihren Auftrag!

Autohaus Oertel & Sohn

Autohaus Oertel & Sohn GmbH - Geschäftsführer: Heinrich Oertel, Oertel Junior
Volksgenossenbank Stenkelfeld - KontoNr.: 0007 0000 1111 9999 - BLZ: 000 777 333 555 88

Die Inspektionsrechnung

Autohaus Oertel 1989

DIN A4

Stenkelfeld

Auch wenn einen die KFZ-Inspektionsrechnung mittellos zurückläßt: Letztlich sind es doch nicht die materiellen Werte, sondern der Reichtum an Geist und Seele, der das Menschsein ausmacht. Die Pflege dieser Werte ist seit eh und je erklärtes Ziel der Jürgen-Koppelin-Bildungsstätte, die nach dem Motto ihres Schirmherrn “Hab’ ich Euch den schon erzählt...?” immer etwas Neues zu bieten hat. Einmal im Jahr erneuert diese Einrichtung ihr Angebot an geistiger Nahrung und sittlicher Erbauung.

Grund genug für unseren Reporter, einmal vor Ort mit den Verantwortlichen ins Detail zu gehen.

Seminar ANGEBOTE

Herr Pötter, könnten Sie uns vielleicht vorab schon mal sagen, wo im nächsten Jahr die Seminarschwerpunkte liegen?

Nun, das besondere Gewicht liegt in nächster Zukunft auf dem Gebiet der Ökopathologie durch Seinsfindung und Selbstverachtung; dabei setzen wir drei verschiedene Hauptschwerpunkte:
Erstens: "Esoterik; Befehle aus dem Nichts".
Zweitens: "Umwelterfahrung außer Haus".
Drittens: "Sinnestäuschungen durch Baumwolle".

Auffällig im neuen Programm die hohe Zahl an sogenannten Selbsterfahrungsgruppen; welche Angebote machen Sie da im einzelnen?

Ja, das ist richtig, die Selbsterfahrung steht bei uns im Vordergrund, oder einfacher gesagt: Das bewußte Verdrängen der kontra-isotonischen Metrik des Verlustes an sich...

Ach so...

...und anderen.

Aha!

Zum Beispiel im Seminar "Nüsse knacken und verzehren" , wo der schmerzhafte Verlust eines Naturgutes im Verzehr einmal ganz bewußt durchlebt wird. Ähnliches gilt für die Kursangebote "Abwarten und Tee trinken" sowie "Schilf kauen und verdauen".

Schauen wir mal in einen weiteren Angebotsbereich: Stichwort "Lustbewältigung in der Vergälltherapie".

Hier sensibilisieren wir ganz gezielt die Wahrnehmungsfähigkeit in Alltagssituationen; ein Beispiel von vielen: Das Selbsterfahrungsseminar "Benzin trinken und leiden", oder auch der Selbsthilfekreis "Leben mit Karies" – diese Gruppe trifft sich bei uns ganz spontan nachts, sowie an Wochenenden und Feiertagen. Nicht zu vergessen die Herbstaktion "Pilze braten und Symptome raten", wo auch mal in spielerisch heiterer Weise die Wirkung der Natur auf den Menschen erfahren wird.

Herr Pötter, in den vergangenen Jahren erfreuten sich insbesondere die Workshops steigender Beliebtheit, was haben wir da im nächsten Jahr zu erwarten?

Lassen Sie mich aus der Fülle des Angebots nur einige wenige Höhepunkte herausgreifen: Das sind zum einen die bewährten Klassiker "Nackttöpfern mit Teerklumpen", "Holz fühlen und atmen" und natürlich wieder "Bewußt singen" mit Ralf Sögel; dazu kommen Seminare außer Haus, die wir neu aufgenommen haben;
viel beachtet schon jetzt "Wege aus der Geduld" – eine Veranstaltung auf dem Flur der Kraftfahrzeug-Zulassungsstelle – oder auch "Abfälle ertasten und bewegen" auf dem Schulhof des Gymnasiums, ein Seminar, zu dessen Leitung sich Hausmeister Gnöttgen freundlicherweise bereit erklärt hat.

Der absolute Schlager – und das zeigen die Trends – liegt auch in diesem Jahr wieder im Bereich "Küche und Sanitär" – da haben wir jetzt schon 500 Anmeldungen – das Seminar heißt: "Leckere Cocktails mit Eigenurin".

Ich glaube, wir sollten an dieser Stelle nicht weiter ins Detail gehen; ich darf Ihnen ganz herzlich für dieses Gespräch danken…

Und dafür würde ich Ihnen ein weiteres Seminar ans Herz legen: „Dankbarkeit im Medienberuf – die Geldspende als stiller Händedruck".

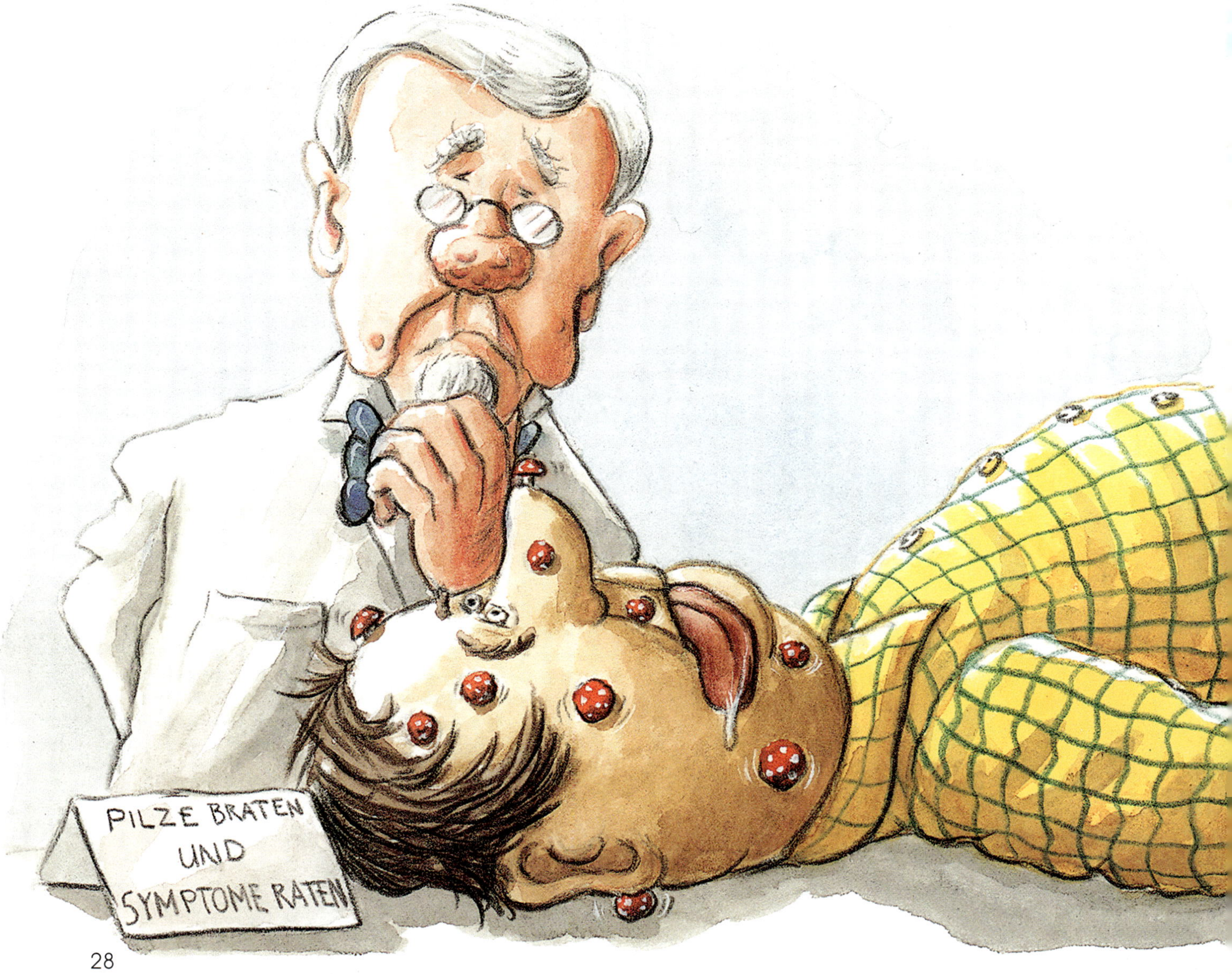

raum 0.26/5,4
Seminar
Schilf kauen und verdauen
Dr. Bioermeyer
0.26/5.4
minar
ANGEBOT
s&Garten
lle ertasten und bewegen
Seminar
ANGEBOT
Küche & Sanitär
Leckere Cocktails mit Eigenurin!!
APRIL: MO-FR: 9⁰⁰-11³⁰ Uhr
außer: MO 10⁴⁵-11⁰⁰
DO 9⁵⁷-10¹³

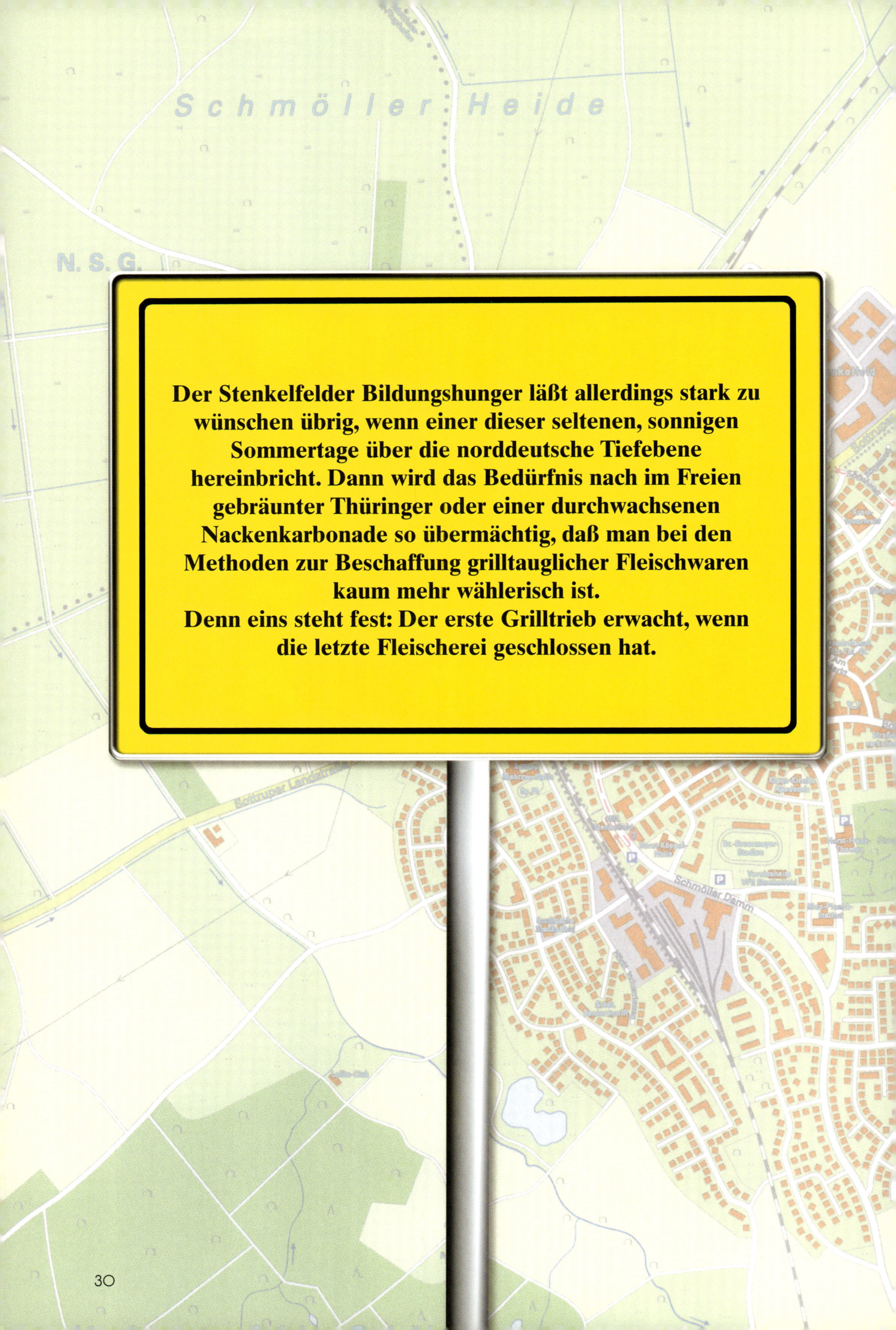

Der Stenkelfelder Bildungshunger läßt allerdings stark zu wünschen übrig, wenn einer dieser seltenen, sonnigen Sommertage über die norddeutsche Tiefebene hereinbricht. Dann wird das Bedürfnis nach im Freien gebräunter Thüringer oder einer durchwachsenen Nackenkarbonade so übermächtig, daß man bei den Methoden zur Beschaffung grilltauglicher Fleischwaren kaum mehr wählerisch ist.
Denn eins steht fest: Der erste Grilltrieb erwacht, wenn die letzte Fleischerei geschlossen hat.

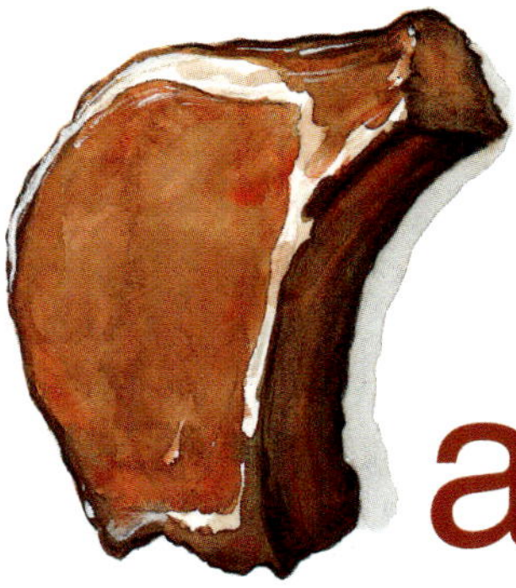

Grillspaß am Önkelstieg

Sonntag, 11. Juni, 11 Uhr 3:
In der Reihenhaussiedlung Önkelstieg nutzt der Berufsschullehrer Hermann S. ein kurzes Zwischenhoch. Die schmale Rauchsäule aus seinem mit zwei tiefgefrorenen Thüringern belegten Holzkohlegrill wird zum verheerenden Signal an die Nachbarschaft. Der überraschende Startschuß in die Grillsaison bringt die gesamte Siedlung völlig unerwartet in Zugzwang.

11 Uhr 17:
Aufgrund von Rohstoffmangel erfolgen nur vereinzelte Konter von den Nachbargrundstücken.
Halbherzige Experimente mit Fleischkonserven und gemischtem Aufschnitt in Alu-Folie schlagen fehl. Der beißende Geruch einer angebrannten Mortadella erstickt dann letzte Hemmungen.

11 Uhr 30:
Die verzweifelten Rufe der Rentnerin Emilie H. nach ihrem verschwundenen, mehrfach preisgekrönten Zwergfasan **Hänschen** verhallen ungehört. Zur selben Zeit schmückt der arbeitslose Rohrleger Otto W. liebevoll den Kopf seiner 6jährigen Tochter mit einer langen, gelben Schwanzfeder, während auf seiner hastig improvisierten Feuerstelle eine nachlässig gerupfte Vogelleiche schmort.

12 Uhr 6:
Neid und Mißgunst der gesamten Anwohnerschaft richten sich auf den üppig belegten Tessiner Rundgrill des Bordellbesitzers Kurt S. Wie üblich kann ihm auch dieses Mal eine Straftat nicht nachgewiesen werden, so daß eine Strafanzeige vom zweiten Vorsitzenden des Kaninchenzüchtervereins **Die Steher** über den Diebstahl seiner 20 gekörten Riesenrammler der Rasse **Varus rusticus** gegen Unbekannt formuliert wird.

12 Uhr 21:
In einem benachbarten Waldgrundstück bemerkt der Direktor des dort campierenden Wanderzirkus **Schöller** das Verschwinden des ausgewachsenen Nilpferdbullen **Romeo**.

12 Uhr 40:
Wegen der Größe des von seinen Söhnen erbeuteten Grillguts erweitert Luftwaffenmajor außer Dienst Ottfried von F. seinen Bratenrost mit Stahlmatten von einer nahegelegenen Großbaustelle auf 10qm.

Als Zündhilfe für die durchfeuchteten Birkenstämme kommt erstmals ein bislang unerprobter Raketentreibstoff aus seiner einstigen Dienststelle zum Einsatz.
Die 150 Liter Hydrometanolnitrat aus dem Kampfjägerbataillon **Petra Kelly** werden – wie sich augenblicklich zeigt – dem langjährigen Forschungsaufwand gerecht.

12 Uhr 47:
Beim ökumenischen Gottesdienst **Brot für die Welt** in der 16 Kilometer entfernten Sottruper St. Johannis-Kathedrale ist soeben der Choral **Bittet, so wird Euch gegeben** verklungen, als ein 3 Tonnen schweres, goldbraun gebackenes Nilpferd krachend das schwere Kupferdach des Hauptschiffs durchschlägt und auf der mundgemeißelten Elfenbeinorgel aus dem 14. Jahrhundert landet. Mit bewundernswertem Improvisationstalent verkündet Bischof Krögel seiner staunenden Gemeinde, der Herr sei bisweilen auch zu Scherzen aufgelegt.

12 Uhr 50:
Die Reihenhaussiedlung ist von zwei Hundertschaften der Polizei umstellt.
Die vom gefesselten Tierpfleger des Wanderzirkus **Schöller** abgegebene Täterbeschreibung – Hawaiihemd, hellgraue Shorts, Tennissocken, dunkelbraune Herrensandalen der Marke **Ötztaler Wanderspaß** – engt den Kreis der Verdächtigen auf ca. 400 ein.
Durch dunkle Rauchschwaden und verkohlte Tierkadaver taumeln Familienväter zur Vernehmung.
Menschen wie du und ich, die 'mal ganz spontan am Sonntag grillen wollten.

Stenkelfeld

Die unselige Entwicklung am Önkelstieg wäre uns allen erspart geblieben, hätte das
Seewetteramt Stenkelfeld
nur rechtzeitig den sonnigen Sonntag prophezeit. Es wäre ein leichtes gewesen, sich angesichts schöner Wetteraussichten mit hinreichenden Mengen frischen Grillgutes einzudecken! Statt dessen setzte man im hiesigen Wetteramt auf einen atlantischen Tiefausläufer mit wuchtigem Dauerregen. Sicherlich ein Ausnahmefall, denn die Wettervorhersage aus Stenkelfeld gilt als die wohl zuverlässigste in Deutschland.
Unvergessen bleiben zwei exakt prognostizierte Bewölkungslücken am 12. Juli '61 sowie der legendäre Volltreffer bei einem Frühnebelfeld im Herbst '76. Kein Wunder, daß seitdem praktisch alle Zeitungen, Fernsehsender und Radiostationen hier das zukünftige Wettergeschehen abfragen.
Vater dieser Erfolge ist der Diplom-Meteorologe Gangolf von Öhmsen-Lichtfeld, der das Seewetteramt zu dem gemacht hat, was es heute ist. Grund genug für unseren Reporter, einmal mit dem Verantwortlichen vor Ort ins Detail zu gehen.

Beim Seewetteramt

Herr von Öhmsen-Lichtfeld – was unterscheidet Ihre…

So, ja, Moment; ich brauche noch die Windvorhersage für morgen. So lange werden Sie wohl noch warten können.

VON ÖHMSEN-LICHTFELD WENDET SICH EINEM HAGEREN GREIS ZU, DER AM GEÖFFNETEN FENSTER DER MESS-STATION KAUERT:

Ja, wo sitzen die Gelenkschmerzen denn nun genau, Herr Röhrmöller?

OPA RÖHRMÖLLER HEBT MÜHSAM DAS LINKE BEIN UND STÖHNT AUF:

Ja, so mehr in der rechten Hüfte diesmal…

Na, denn kriegen wir in Böen wohl doch Stärke 8.

VON ÖHMSEN-LICHTFELD GIBT DAS ERGEBNIS IN EINEN COMPUTER EIN UND WINKT DEN REPORTER HERAN:

Sie wollten was von mir wissen?

Herr von Öhmsen-Lichtfeld, was macht den Erfolg des Seewetteramts Stenkelfeld aus; anders gefragt: Worin unterscheiden sich Ihre Vorhersageverfahren von denen Ihrer Kollegen andernorts?

Nun, das übliche Verfahren zur Wettervorhersage ist ja bekanntlich die Telefonumfrage in 100 repräsentativ ausgewählten Haushalten, also das ist gewissermaßen das Grund-Handwerkszeug der Meteorologie. Und dennoch: Bei dieser Methode bleibt natürlich trotz aller Sorgfalt eine gewisse Restunsicherheit; um die zu eliminieren, hat jedes Wetteramt seine speziellen Verfeinerungen im Prognoseverfahren – die Kollegen in Hamburg setzen hier noch auf die altbewährten Tarot-Karten…

Entschuldigen Sie, ich verstand eben Tarot-Karten…

Naja, nicht nur! Da wird natürlich auch noch zur Sicherheit im Kaffeesatz gelesen oder halt mit einem Thermometer über der Schwanzfeder eines Kolkraben ausgependelt, aber letztlich nimmt sich das alles nichts.

Nun klingen diese Dinge doch etwas merkwürdig im Zeitalter moderner Verfahren – Stichwort **Strömungsmathematik, Satellitenbilder aus dem Weltraum**...

Ja, da geb' ich Ihnen Recht, diese Darstellungen sind in der Tat sehr gelungen – für den ZDF-Vorhersagefilm arbeitet ja der Heimatmaler Norbert Piepmeier der Jüngere – wunderbar diese tiefhängenden Wolkendecken im Kontrast zu sonnigen Abschnitten, nicht wahr, dieses Spiel mit dem Licht in der Tradition von Emil Nolde nach Weissagungen des "Orakels von Ochsenzoll".

Das vielen Wetter-Fans noch unbekannt sein dürfte...

Es handelt sich hierbei um einen langjährigen Patienten aus der geschlossenen Abteilung, der sich für Petrus hält, der aber, im Vertrauen gesagt, unter uns Meteorologen auch zahlreiche Kritiker hat.

Herr von Öhmsen-Lichtfeld, nun wissen wir, wie's die anderen machen; wodurch zeichnet sich nun Ihre Wetterprognose aus?

Also, wir stellen da voll auf unseren Opa Röhrmöller ab. Der Mann ist 97, war früher als KFZ-Meister tätig und reagiert mit einer Schußnarbe aus dem Ersten Weltkrieg, Rheuma, Ischias sowie einer breiten Palette von Altersbeschwerden sehr präzise auf kurzfristige Klimaschwankungen. Für die 3-Tage-Vorhersage wirft er jedoch sicherheitshalber noch den Werkzeugkasten und liest aus der Lage von Schraubenziehern, Maulschlüsseln und Radmuttern das Wochenendwetter ab.

Und das soll funktionieren?

Mit dieser Methode hat er früher sehr genau die Todesstunde eines Simca-Motors vorhergesagt – er hat sich überhaupt erst einmal vertan, das war bei einem fabrikneuen Fiat, dem gab er eine Woche, und dann war aber doch schon nach drei Tagen Sense. Sie können sich ja gleich mal überzeugen!

VON ÖHMSEN-LICHTFELD DREHT SICH ZU OPA RÖHRMÖLLER UM UND HEBT DIE STIMME:

Na, Opa, wie sieht's denn nun aus morgen?!

DER ALTE MANN REIBT SICH MIT SCHMERZVERZERRTEM GESICHT DIE SCHLÄFEN.

Ihr könnt mich mal mit euerm Scheißwetter!!!

DIESE REAKTION KANN VON ÖHMSEN-LICHTFELD SPIELEND DEUTEN:

Seh'n Sie: Kopfschmerzen und schlechte Laune, und das heißt natürlich "Regen, Regen, Regen..."

T
H
ndr 2
Die SONNE
TOD
RITTER der SCHWERTER
Der NARR

Stenkelfeld

Wer aus einer Mietwohnung auszieht und auf die Rückzahlung der einst geleisteten Kaution hofft, kann auf Prognosen, Orakel und Opa Röhrmöller getrost verzichten, denn hier steht von vornherein fest: Die Piepen sind weg. Das Geld kann man vergessen. Dafür sorgt in Stenkelfeld ein dreiköpfiges Spezialistenteam der Hausverwaltung Sörkeling, deren gefürchtete

Wohnungsendabnahme

auch den sorgsamsten Mieter jäh aus dem Traum von der Rückerstattung reißt: Hier ein Wasserfleck im Flachspüler, dort ein fehlender Nagel in der Fußleiste oder gar ein Katzenhaar unter der Türritze. Zu ungeschickt gerät der Versuch des Mieters, die Verwahrlosung seiner einstigen Heimstatt zu kaschieren, zu perfekt gelingt der Nachweis von Vandalismus und fahrlässigem Umgang mit der Mietsache.
Grund genug für unseren Reporter, einmal vor Ort mit den Verantwortlichen ins Detail zu gehen.

Die Wohnungs-Endabnahme

IN DER 3-ZIMMER-MIETWOHNUNG AM BÖLTERKAMP 31A TRIFFT FIRMENCHEF SÖRKELING LETZTE LOGISTISCHE VORBEREITUNGEN ZUR BEVORSTEHENDEN WOHNUNGS-ENDABNAHME:

So, meine Herren, bitte gleich mal ausschwärmen; Herr Dr. Schlöter an den Teppichboden, Herr Dr. Hönken, wenn Sie sich dann Bad und Küche vornehmen und Herr Böckmann wie immer zuerst Fingerabdrücke und Faserreste.

WÄHREND SICH DIE GENANNTEN MIT MIKROSKOPEN, REAGENZIEN UND RESTSTAUBDETEKTOREN AN DIE ARBEIT MACHEN, GIBT ES NUN GELEGENHEIT ZU EINIGEN FRAGEN:

Herr Sörkeling, wie oft konnten Sie denn bisher einem Mieter seine Sicherheitsleistung in voller Höhe zurückerstatten?

Ein solcher Fall ist mir in meinen 30 Berufsjahren leider noch nicht vorgekommen – im Gegenteil: Die hinterlegten Kautionen reichen durchweg nicht aus, um verwohnte und verwahrloste Objekte wie dieses hier auch nur annähernd wieder herzurichten.

Nun ist diese Wohnung hier ja in einem sehr gepflegten Zustand – stehen wir vor einem Ausnahmefall?

Mit dem Begriff "gepflegt" sind wir sehr vorsichtig geworden. Ich erinnere an das Objekt Önkelstieg 17, drei Zimmer, Küche, Bad, vom Mieter in betrügerischer Absicht scheinbar gereinigt; unser Rechtsanwalt Herr Dr. Schlöter fiel dann jedoch schnell über die typischen Mängel: Kalkflecken im WC-Spülkasten als Folge einer offensichtlichen Toilettenbenutzung, Kratzspuren auf einer der Herdplatten und dem Backblech – da scheint also tatsächlich gekocht worden zu sein. Eine Spektralanalyse ergab zusätzlich Putzstreifen sowie Poliertuchfasern auf den Fensterscheiben, die wir daraufhin natürlich auswechseln mußten.

Wie groß sind die Chancen des Mieters, doch vielleicht wenigstens einen Teil seiner Kaution zurückzubekommen?

Nun, einer hat's beinahe mal geschafft, das war damals in den

fünfziger Jahren Professor Öftering bei seinem Auszug am Schmöllerdamm 1, die Jugendstilvilla, aber da gab's dann das Drama: Dieser Mann hat beim letzten Verlassen der Wohnung deutliche Fingerabdrücke an der Messing-Türklinke hinterlassen, da gab's dann Probleme mit dem Original-Ersatzteil.
Die Folge: andere Maße der Tür und schließlich Abriß des gesamten Eingangsbereichs – da war die Kaution dann eine bessere Anzahlung.

Vielleicht noch einmal zu dem Objekt, in dem wir uns im Moment befinden, hier wird gerade das Badezimmer untersucht...

Ja, das ist Hauptkommissar Böckmann vom Spurensuchdienst der hiesigen Kriminalpolizei, der bei uns nebenberuflich tätig ist; er hat soeben Spuren von Klebstoffresten an einer der Badezimmerkacheln isoliert, die vermutlich von einem Handtuchhalter herrühren. Nun ist die Originalkachel "Bianca Carrara" im Farbton "Federweiß 07" seit letzter Woche nicht mehr im Handel, so daß wir hier komplett neu auskacheln müssen.

Ja, da wird von der Kaution wohl nichts übrigbl...

EIN JUBELSCHREI AUS DEM NEBENZIMMER UNTERBRICHT DAS GESPRÄCH.

Herr Sörkeling!! Jetzt haben wir die Brüder!!!!

SÖRKELING EILT IM LAUFSCHRITT HINZU.

Ja, was ist denn, Herr Dr. Hönken?

Die haben hier gepennt!!!

SÖRKELING DEUTET AUF 4 BRIEFMARKENGROSSE, BLASSE QUADRATE IM MAKELLOSEN TEPPICHBODEN.

Ja, Sie sehen's ja hier selbst: Unser Jurist hat soeben die klassischen Druckspuren eines Bettgestells gefunden...

...was ja bekanntlich eine neue Auslegeware fällig macht...

Ja, wenn's nur das wäre. Wir müssen jetzt annehmen, daß diese Leute hier gewohnheitsmäßig übernachtet haben. Der Mensch verliert – das weiß jedes Kind – jede Nacht bis zu 1,5 Liter Flüssigkeit durch Ausdünstung, die allem Anschein nach ins Mauerwerk gezogen ist, so daß für dieses Objekt wahrscheinlich nur noch die Abrißbirne bleibt.

Wenigstens in der Ferienzeit kann man die kostspielige Verwüstung der eigenen vier Wände unterbrechen. Zum Beispiel im Wohnwagen, der seinem Halter vorübergehend den Ausbruch aus dem Teufelskreis von Broterwerb und Körperpflege gestattet. Häufig jedoch endet der mutige Fluchtversuch, die wilde Odyssee zwischen Nordkap und Rimini, vorzeitig auf vertrautem Terrain.
In einer Wanderausstellung präsentiert die Kunstgalerie Stenkelfeld das vollkommene Bild der Anpassung an eine verlorene Illusion.

Die Kunstgalerie Stenkelfeld präsentiert:
–100 Meisterwerke–

Deutscher Wohnwagen

„Schade, daß wir hier keinen Kabelanschluß haben!“

Dieser letzte, von der Gattin weinerlich angeprangerte Makel hat den Schöpfer unseres heutigen Kunstwerkes nie ganz zur Ruhe kommen lassen.
Und so bleibt hier das Prinzip **Vollkommenheit** gleichsam kontrametaphorisch gestört.
Deutscher Wohnwagen wirkt – vielleicht gerade deshalb – oberflächlich betrachtet wie ein weiteres ouvre nouvre des kubistischen Realtourismus nach dem Vorbild eines baltischen Deichselgängers.

Eheleute
Günther und Doris Erpenbeck

Campingplatz "Suleika"; Rüdesheim 1996

Dreidimensionaler Realismus

4 Meter 12 x 1 Meter 94 auf Rasen, gemäht

Aber das Werk schöpft tiefer. Da ist der zum Sprung geduckte Jägerzaun im Vordergrund. Mit feinem Pinselstrich Bondex-imprägniert, die messerscharfen Spitzen gehärtet nach längst vergessener Waffenkunst karthagischer Krieger, wird er feindlichen Nachbarn noch trotzen, wenn wir schon alle nicht mehr sind.
Dahinter die Hecke aus Zierrosen. Mit dem Auge des Uhrmachers gestutzt und mit Dornen bewehrt gleich Giftzähnen der Kobra des Klypidionos im Gral der Medusen, bestraft sie des ungebetenen Gastes Tritt ins Geharkte.
Ein weißbärtiger Gartenzwerg kaschiert mit klobigem Stiefel ein kleines Grillmalheur, unverzeihlich eingebrannt in vollkommenes Grün.

Mit gefrorenem Lächeln entlockt der Kobold seiner Zieharmonika ein spöttisches Lied von Rheuma und Langeweile.

Die überwässerten Geranien im braunen Blumenkasten aus unzerstörbarem Duroplast hängen wie betäubt in den Schwaden einer gewaltigen Mehlschwitze, die durch das angelehnte Wohnwagenfenster ziehen, um sich dann, beflügelt von der Thermik über dem braun-orangenen Vorzeltdach, mit den Dünsten der Kohlroulade von gestern zu vereinen.

Und dann doch der Bruch in Erpenbecks Botschaft, die uns bis hier mutig aus den Zwängen von Optimismus und Lebensfreude befreien will. Auf der mit Heißwachs handkonservierten Lackschicht der Rückwand wagt ein ausgeblichener Aufkleber den Versuch anarchischer Heiterkeit:
NICHT HUPEN – FAHRER TRÄUMT VOM SV ALSENBORN!
Da ist er also, der prosaische Brückenschlag vom 'hier und jetzt' zum 'einst und dort'. **Deutscher Wohnwagen** entspräche in Gänze dem goldenen Schnitt klappsymmetrischer Strenge des späten André Chabraque, wäre da nicht die Schieflage der mächtigen Parabolschüssel auf dem Wagendach.
Hingestreckt wie die Bettelschale eines Straßenkindes in den Slums von Kalkutta, durchsucht sie das Firmament nach Zerstreuung. **Man hat ja noch keinen Kabelanschluß.**

Stenkelfeld

Was unter der Bezeichnung "Mittagstisch" aus deutschen Kantinenküchen kommt, wäre ebenfalls einer eigenen Kunstausstellung würdig, denn es ist wahrhaft eine Kunst, verschiedenste Speisen wie Nudeln, Kartoffeln, Fleisch, Gemüse und Desserts so zuzurichten, daß sie in Farbe, Geschmack und Konsistenz völlig identisch sind.

Eine weitere, hochentwickelte Kreativleistung besteht in der Gabe, dieser faden Kaumasse stets neue und klangvolle Namen zu geben. So steht zum Beispiel der gefürchtete "Sudbutt mit Stachelerbsen im Bohnenmantel" oder gar ein gewaltiges "Hirschhoden-Hacksteak im eigenen Saft mit Donnerflinsen" auf dem Speiseplan der ***Großküche Stenkelfeld.***

Grund genug für unseren Reporter, mit den Verantwortlichen vor Ort ins Detail zu gehen.

In der Großküche

Herr Sönkel-Pörthagen, Sie sind Inhaber der Großküche Stenkelfeld, Deutschlands bedeutendstem Kantinenzulieferer. Weit über 80% aller erwerbstätigen Bundesbürger nutzen heutzutage das Speisenangebot in der firmeneigenen Kantine – worauf führen Sie diesen großartigen Erfolg zurück?

Nun, unser Erfolg liegt im Überraschungsmoment, das heißt, wir bieten immer wieder Gerichte an, die so keiner kennt, und gehen auch in der Kombination der Zutaten neue Wege.

Können Sie da ein Beispiel geben?

Ja, nehmen wir doch gleich mal hier das Menü an der Fertigungsstraße 2, das ist unsere "Büsumer Grützpfanne Tischlerin Art". Es handelt sich dabei um einen ausgehöhlten ganzen Milzrettich, gefüllt mit pürierten Innereien vom Kanalaal, denen wir gepfefferte Backpflaumenkerne unterjubeln; eins von zahlreichen Gerichten, um die man sich im häuslichen Bereich gern herumdrückt.

Ja, das scheint mir auch eher ein Menü für besondere Anlässe…

EIN KOCH IM BEKLECKERTEN FEINRIPPUNTERHEMD SCHLURFT MIT EINEM BLECHEIMER VORBEI.

Wo soll der Fugenmörtel hin, Chef?

In die Nachspeise, Du Tölpel!!!

SÖNKEL-PÖRTHAGEN GUCKT SEINEM ANGESTELLTEN KOPFSCHÜTTELND HINTERHER. DER REPORTER NIMMT DEN FADEN WIEDER AUF.

Wie steht's denn mit der bewährten, alten Hausmannskost, die ja auch von Ihnen zubereitet wird? Ich sehe hier zum Beispiel einen Topf mit einer bräunlichen Soße…

Ja, das ist der Bottich mit dem Grünkohl, der wird bei uns erntefrisch zubereitet, das heißt der kocht seit der Ernte; das ist jetzt anderthalb Wochen her. Der wird übermorgen noch durch'n Feinsieb gepreßt, denn nur so lassen sich zuverlässig alle Geschmacksstoffe herausziehen. Ein umgekehrtes Verfahren gilt für die Kartoffeln, die wir bis zur ersten Auskeimung bei 42 Grad vorschrumpeln lassen und dann bei 500 Grad schockerhitzen, so daß unter einer mehlig bröckelnden Oberfläche ein angenehm kühler Knusperkern für Furore sorgt.

Also man kann sagen, modernste Zubereitungsverfahren. Was sind denn aus Ihrer Sicht die entscheidenden Fortschritte bei der Herstellung von Massenverpflegung?

Unser Firmengründer, der alte Sönkel, hat hier ja damals mit 3 Bunsenbrennern angefangen. Da brauchten Sie bis zu 3 Wochen, bis sich Nudeln so richtig zersetzt hatten oder Gemüse den letzten Biß verlor.
Oder ein anderes Beispiel: Um Fisch zum Riechen zu bringen, mußten sie den damals tagelang in die Sonne legen und dann noch von Hand mit Dorschgalle beträufeln.
Heute holen wir den vorgefault aus dem Tropensilo.
Und was den Rest betrifft: Nudeln, Kartoffeln, Fleisch oder was Sie wollen, das wird bei uns alles zu einer fettigen, geschmacklosen, breiigen Einheitspampe zusammengefiedelt, so wie es die Kantinen lieben. Und den Rest, den keiner mehr will, den verschweißen wir aufbruchsicher in Spezialplastik und verscherbeln das an die Fluglinien in aller Welt.

Aber wenn doch mal einer diese Packungen aufkriegt, da bleibt doch auch immer mal was übrig?

Und seh'n Sie: Das ist ein gefundenes Fressen für die Speisewagen der Deutschen Bahn – die stehen am Ende der Nahrungskette.

in love

Stenkelfeld

Wie am Beispiel der Großküche oder Öko-Överbeck bereits zu sehen war, ist Stenkelfeld geradezu ein Paradies für den innovativen, mittelständischen Unternehmer mit der zeitgemäßen Geschäftsidee.
Das gilt auch für die Firma
Autoteile Pröppgenkrögel & Söhne.
Nachdem Werkstattleiter Horst Düvelskirchen auf einer mehrstündigen Landstraßenfahrt am Sonntagnachmittag hinter einem bronzefarbenen Opel Kadett D mit Stufenheck – besetzt mit 4 Bezirkshelferinnen der Arbeiterwohlfahrt – einnickte, war ihm der Zusammenhang zwischen Erscheinungsbild und Fahrleistung beliebiger Automobilmarken schlagartig klar.
Seither beschreitet der kleine Handwerksbetrieb im Kampf gegen Verkehrsrowdytum und Raserei neue Wege, und Fahrzeuge mit dem original "Pröppgenkrögel"-Tuning stehen an der Spitze der Bewegung; egal ob beim großangelegten Ferienstau oder der täglichen Pendlerkolonne auf der Höcklager Chaussee.
Grund genug für unseren Reporter, mit dem Verantwortlichen für dieses technische Wunder einmal vor Ort ins Detail zu gehen.

AUTOTEILE

Pröppgenkrögel

Herr Düvelskirchen, welche Änderungen müssen am Motor vorgenommen werden, um die Maximalgeschwindigkeit eines Kraftfahrzeugs deutlich abzusenken?

Also bei den Motoren geh'n wir ja nun gar nicht bei, das ist zu kompliziert, da brauchen Sie Werkzeug und was nicht alles.
Wir bauen da auf eine breite Zubehörpalette, die sich auf genaue Beobachtungen stützt, wonach man mit wenigen oberflächlichen Handgriffen auch die schlimmste Rabaukenschleuder auf Schneckentempo runtergefiedelt kriegt.
Und jetzt kommen Sie!

Nein, ich denke, jetzt kommen doch nochmal Sie, Herr Düvelskirchen, mit ein paar Beispielen; wie soll das gehen?

Ja, nehmen Sie bloß mal so'n schwarzen BMW aus der 7er Reihe, nicht wahr, das sind Fahrzeuge, die man normalerweise mit Tempo 240 auf Briefmarkenabstand hinter der Stoßstange hat und dann von dieser bläulichen Zickenfunzel angeblendet wird; hier reichen normalerweise ein paar Extras auf der Hutablage:
Nickender Dackel, mit Kennzeichen besticktes Sofakissen, dazu'n kleiner Aufkleber auf dem Kofferraumdeckel "Campingplatz Wimbachtal - wir waren da", und schon können Sie praktisch bei Vollgas nebenherlaufen.

Anderes Beispiel: Ein Mercedes 500 - gibt es Möglichkeiten, auch dieses Fahrzeug deutlich zu verlangsamen?

Gerade bei Daimler haben wir nun ganz bewährte Methoden: Anhängerkupplung, Lackierung in Erbsgrün, Strohreste und Hühnerkot anne Türschweller, Aufkleber wahlweise mit "Holz ist Leben" oder "Freiwillige Feuerwehr Klötensiel: Retten, bergen, schützen, löschen und feiern" und wenn dat nicht reicht, denn gibt's gegen Aufpreis noch'n Heider Kennzeichen, Plön ginge auch.

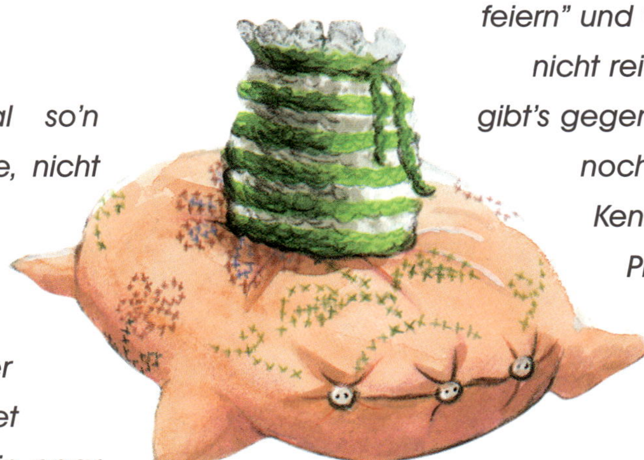

In dieser Vollausstattung müssen Sie bereits bei 30 in den vierten Gang und fahren in jedem Stau vorneweg.

Herr Düvelskirchen, das klingt alles so verblüffend einfach, aber ist das wirklich so problemlos?

Natürlich nicht immer. Unser schwierigster Fall war mal so ein Ferrari 340; das Ding macht normalerweise aus dem Stand 300 Sachen.
Da sind wir mit einer behäkelten Klorolle im Heckfenster und der Sonderlackierung "Hornhaut-Umbra" vom Jetta LS nicht mehr hingekommen.
Da geht's dann an die Fahrerausstattung: Brauner Cordhut, Hornbrille "Erich Mielke", grüner Lodenmantel mit Hirschhornknöpfen, und zwischen die Zähne kommt dann noch eine schöne "Handelsgold Fehlfarben" zu 30 Pfennig.
Und mit dieser Ausstattung zischen die Mähdrescher nur so an einem vorbei.

ERB GRÜN
HORN HAUT UMBRA
P.F.F.T.
HOLZ IST LEB
NGPLATZ BACHTAL
Düvelskirchen
R Ö
Handelsgold Fehlfarben
100
DEM WALD ZU LIEBE!
D STENK

Stenkelfeld

Nur wenige können sich – etwa nach einem Lottogewinn oder größeren Erbschaften – den Service eines Fachbetriebes leisten. Für die meisten bleibt nur noch der Gang zu einem der zahlreichen Baumärkte, und dies bedeutet natürlich, daß man zwei große Risiken in Kauf nehmen muß:

1. Keine Beratung zu finden
2. Beraten zu werden

Fall 2 sorgte im Stenkelfelder
Förtzke-Baumarkt
für einen dramatischen Zwischenfall. Offenbar grundlos bedrohte plötzlich ein Kunde das Personal mit einer Axt und verwüstete Teile der Einrichtung. Grund genug für unseren Reporter, vor Ort während der Aufräumungsarbeiten mit dem Verantwortlichen ins Detail zu gehen.

Amoklauf im Förtzke-Baumarkt

Herr Förtzke, was ist vorgefallen?

Ja, der kam hier an am Blech- und Eisentresen und fragt mich nach einem Reduzierstück 149 auf 125 für'n Ofenrohr. Ich sag' erstmal gar nichts und warte ab, ob er da selber drauf kommt, was für'n Quatsch er da machen will. Und da kriegt der schon diesen fahrigen Blick.

...und hat anschließend ihr Geschäft demoliert...

Nee, er rückte dann erstmal damit 'raus, daß er sich einen teuren Kaminofen aus dem Versandhaus bestellt hat und den jetzt nicht anschließen kann, weil das Loch in der Wand zu klein ist oder das Rohr zu dick oder was weiß ich.
Und ich frag ihn noch ganz höflich „Na, dann wollen Sie jetzt den Rauchabzug verengen? Ja, denn man zu und viel Spaß mit dem Schornsteinfeger", und da wollte er schon auf mich los...

Aber wo war denn nun der ganz konkrete Anlaß für den anschließenden Amoklauf Ihres Kunden?

Ja, das ist mir völlig rätselhaft – ich hab' dem sogar noch den Tip gegeben, er soll dabeigehen und zwei verzinkte Drehkrümmer durchschweißen, mit 'nem U-Profil anflanschen, und dann könnte er ja einfach mit so einem halbzölligen Überwurf die Führung bündig vor die Abdeckmanschette löten, aber nicht daß er denn morgen bei mir angejammert kommt, weil er mit der aufgestemmten Durchführung in'n Kaminquerschnitt gekommen ist und ihm der Schamottmörtel auf'n Teppich gebröckelt ist.

Man kann also sagen, ein ganz normales Beratungsgespräch wie es in Baumärkten gang und gäbe ist...

Genau!! Ich hab' ihn sogar noch darauf hingewiesen, was ich gar nicht müßte, daß die Rußklappe dann hinter dem Krümmer falsch abkantet, es sei denn, er nimmt statt dessen eine 40er Niro-Schelle in V2A und setzt die Paßstifte vor der Lüftungsschnalze in eine Parallelnut, aber dafür braucht man natürlich den 18er Gußdeckel, und der wird nicht mehr hergestellt. Und da hat er dann zur Axt gegriffen.

Damit konnte natürlich niemand rechnen...

Ja, und ich versuch den Mann noch zu beruhigen und sag' ihm:
„Dann schmeiß den ganzen Vogel doch lieber auf'n Schrott, das lohnt doch alles nicht", und dann ging das Theater los. Das sehen Sie hier ja. Das war ein Verrückter!

Bad&
Blech&Eisen
Beratung
ndr
PREISSTUR

Zu den beliebtesten Breitensportarten in Stenkelfeld gehört neben dem Heimwerken das faire Kräftemessen auf der Bundeskegelbahn im Gasthof Knollmeyer. Das bei weitem attraktivste Angebot macht hier der 1929 gegründete Kegelclub "He wackelt". Die abgelaufene Saison wurde vom Vereinsvorstand einhellig als die erfolgreichste Spielzeit der Vereinsgeschichte bezeichnet. Grund genug für unseren Reporter, mit dem 1. Vorsitzenden Erwin Möller einmal vor Ort ins Detail zu gehen.

Beim Kegelclub

Herr Möller, das vergangene Jahr war von rekordverdächtigen Erfolgen gespickt – was gelang im einzelnen?

Ja, das begann eigentlich gleich im Frühjahr mit einem Paukenschlag beim Turnier in Huckriede. Da haben wir mit einem Gesamtergebnis von 19 Kisten Pils, 7 Litern Jägermeister und 4,73 Litern Apfelkorn den alten Vereinsrekord aus dem Gründungsjahr übertroffen.

Das scheint mir jetzt aber ein eher zweifelhafter Erfolg zu sein…

Sie haben recht; es hat damals Zweifel gegeben, weil der Jürgen Överbeck einen Teil wieder erbrochen haben soll, aber wenn überhaupt, dann war das ganz klar nach der Wertung.
Die Huckrieder haben damals Protest eingelegt, aber denen kann ich nur sagen: Wer nicht verlieren kann, hat auf der Kegelbahn nichts zu suchen!

Also, wenn das ihre einzigen Erfolge sind, dann können wir uns diesmal kurz fassen…

Ja, Moment! Die größten Erfolge hatten wir ja beim Sommerkegeln in Ölmannshoff in der Einzelwertung. Sieger bei den Damen wurde unsere Kegelschwester Mia Pötter mit anderthalb Flaschen "Eckes Kirschlikör", obwohl sie vorher kaum was gegessen hatte.
Und es kommt noch besser: In der Seniorenwertung siegte unser Gründungsmitglied August Pörthagen mit 17 Steinhägern. Der Mann ist 98 und jetzt kommen Sie!

Aber manchmal kegeln Sie auch…

Jaaa, mal so'n Wurf ist immer drin. Soviel Zeit muß sein. Und selbst da gab's die Sensation – stand auch groß in der Presse – da hat unser Freund und Kegelbruder Manni Blömker doch tatsächlich acht ums Vordereck geworfen…

Acht ums Vordereck??

Ein Wurf, bei dem nur das Vorderholz aufgestellt wird, und da hat der Manni dann acht mal dran vorbeigeworfen, das war wieder ein schöner Grund zum Feiern.

Na, dann mal noch gut Holz und Danke für das Gespräch.

Ja, sonst kegeln Sie doch noch 'ne Runde mit!…

Nee, danke, ich muß noch fahren.

LLMEYER
Bundeskegelbahn
Huck-
rieder
K.C.
4,73
LITER
APFEL
KORN
STENKEL
URTYP
ECKES
Hä
wackelt
Bitte
nicht
stören

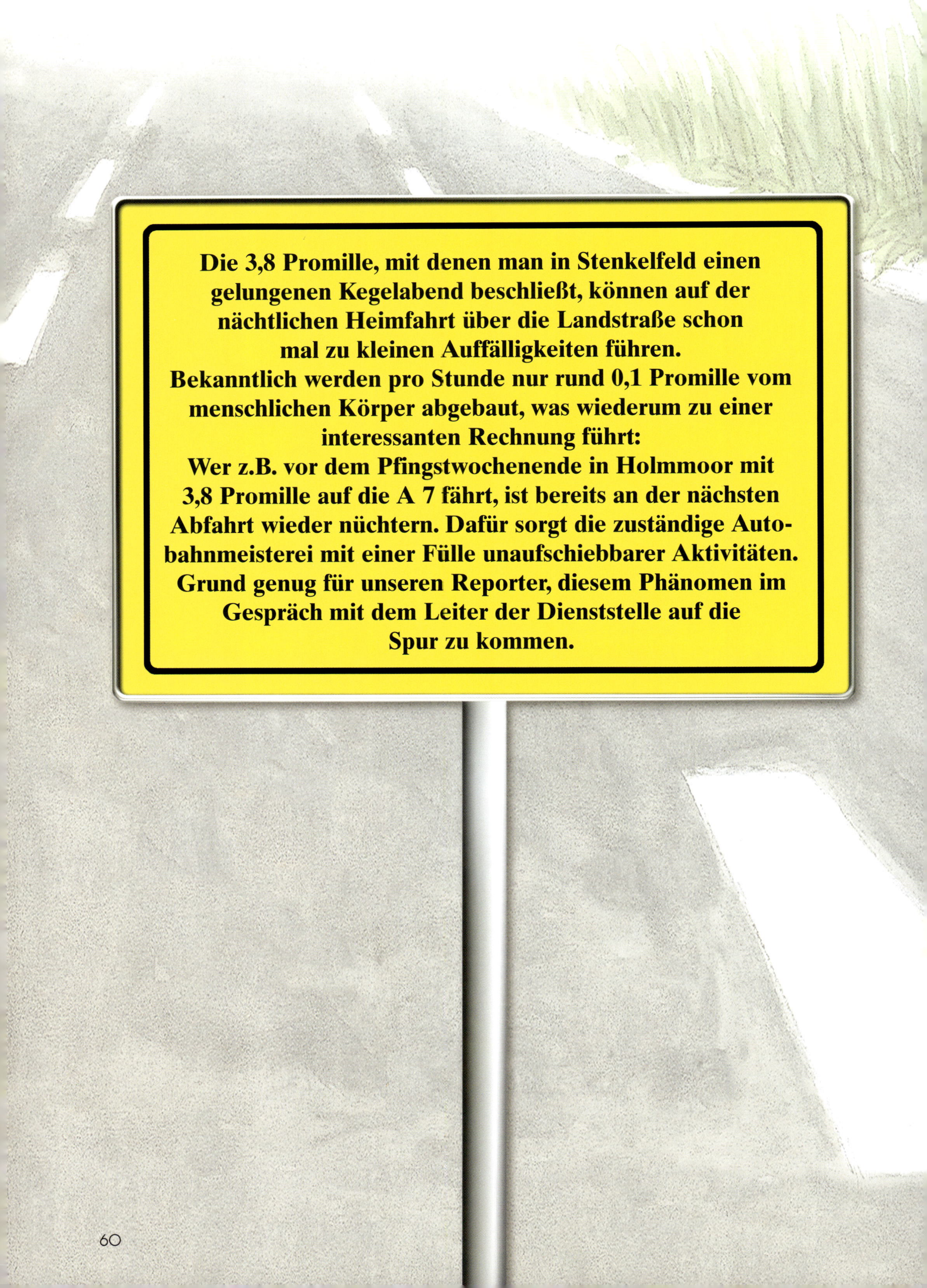
Die 3,8 Promille, mit denen man in Stenkelfeld einen gelungenen Kegelabend beschließt, können auf der nächtlichen Heimfahrt über die Landstraße schon mal zu kleinen Auffälligkeiten führen.
Bekanntlich werden pro Stunde nur rund 0,1 Promille vom menschlichen Körper abgebaut, was wiederum zu einer interessanten Rechnung führt:
Wer z.B. vor dem Pfingstwochenende in Holmmoor mit 3,8 Promille auf die A 7 fährt, ist bereits an der nächsten Abfahrt wieder nüchtern. Dafür sorgt die zuständige Autobahnmeisterei mit einer Fülle unaufschiebbarer Aktivitäten.
Grund genug für unseren Reporter, diesem Phänomen im Gespräch mit dem Leiter der Dienststelle auf die Spur zu kommen.

Pfingststau bei Holmmoor

Herr Brinckbäumer, was bieten Sie denn in diesem Jahr an, um den Autobahnbenutzer schon während der Reise in die richtige Ferienstimmung zu bringen?

Ja nun, wir haben ja sowieso schon seit 4 Jahren unsere beiden Tagesbaustellen mit einstreifiger Verkehrsführung, die sind von vornherein immer für 6 Kilometer gut; dazu kommen dann unsere diesjährigen Sonderaktionen.

Was haben Sie denn da im einzelnen geplant?

Also das fängt an mit dem Mittelstreifen bei Quickborn, da gehen wir nachher gleich bei und malen den neu an. Bis Montag entrosten wir noch die Brücke – da sperren wir heute abend ganz ab – dann 500 Meter weiter neben der Standspur muß Rasen gemäht werden, solange das Wetter noch gut ist, da machen wir jetzt den Hauptfahrstreifen dicht. Und wenn das nicht reicht, dann beschneiden wir vor Schnelsen nochmal die Büsche zwischen den Leitplanken und stellen den Bauwagen auf die Überholspur. Da sollen wohl mindestens 20 Kilometer Stau bei rauskommen.

Nun stellen ja Baustellen auch immer ein erhebliches Unfallrisiko dar. Haben Sie nicht Bedenken, daß da Leute gefährdet werden?

Menschenskind, das haben wir doch alles im Griff! Wir erwarten vorher auf 2 Kilometer Länge eine Bundeswehrkolonne, das ist abgesprochen, und wir haben zusätzlich noch einen Schwertransport mit Überbreite, der von Finnland runterkommt.
Also wir sorgen dafür, daß der Autofahrer schon gewissermaßen im Schrittempo an unseren Baustellen ankommt. Kann gar nix passieren!

Herr Brinckbäumer, das klingt zugegeben alles sehr gut organisiert, gut durchdacht, trotzdem:
Müssen Sie nicht befürchten, daß die Autofahrer auf die Umleitungsstrecken ausweichen?

Nur zu, da haben die keine Freude mit. Auf der U 46 haben wir den Schützenumzug in Stenkelfeld, und an der B 17 ist das Jahrestreffen der Freunde des Deutschen Mähdreschers, da ist das rammelvoll, da schmeißen Sie keine Briefmarke mehr durch! Wer da 'rauffährt, feiert Weihnachten an der Landstraße.

Was möchten Sie denn mit all diesen Aktionen letztlich erreichen?

Ja, das will ich Ihnen sagen: Den Stau München - Salzburg auf Platz 2 verdrängen und mindestens täglich mit 10 Minuten in die Verkehrsmeldungen!

Holmmoor
Nord-Nord-West
Holmmoor
Süd-Ost
120
meck
meck

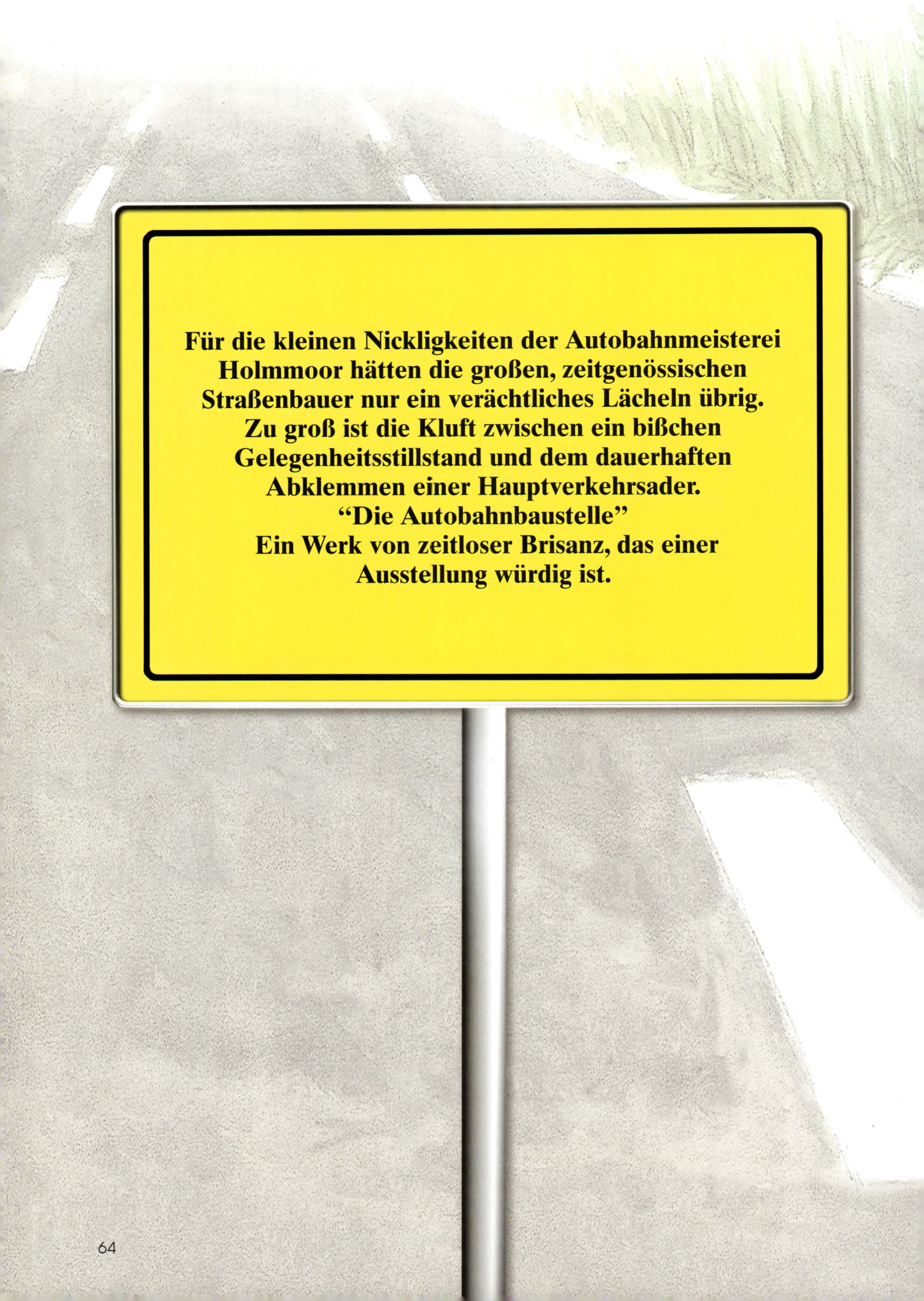
Für die kleinen Nickligkeiten der Autobahnmeisterei
Holmmoor hätten die großen, zeitgenössischen
Straßenbauer nur ein verächtliches Lächeln übrig.
Zu groß ist die Kluft zwischen ein bißchen
Gelegenheitsstillstand und dem dauerhaften
Abklemmen einer Hauptverkehrsader.
“Die Autobahnbaustelle”
Ein Werk von zeitloser Brisanz, das einer
Ausstellung würdig ist.

Die Kunstgalerie Stenkelfeld präsentiert:
–100 Meisterwerke–

Die Autobahnbaustelle

„Der alte Wittmann ist mir zeitlebens ein Rätsel geblieben“, sagte einmal dessen Haushälterin, *„immer, wenn er eine neue Baustelle begann, wußte er nie im voraus, wann und wie sie einmal enden würde.“*

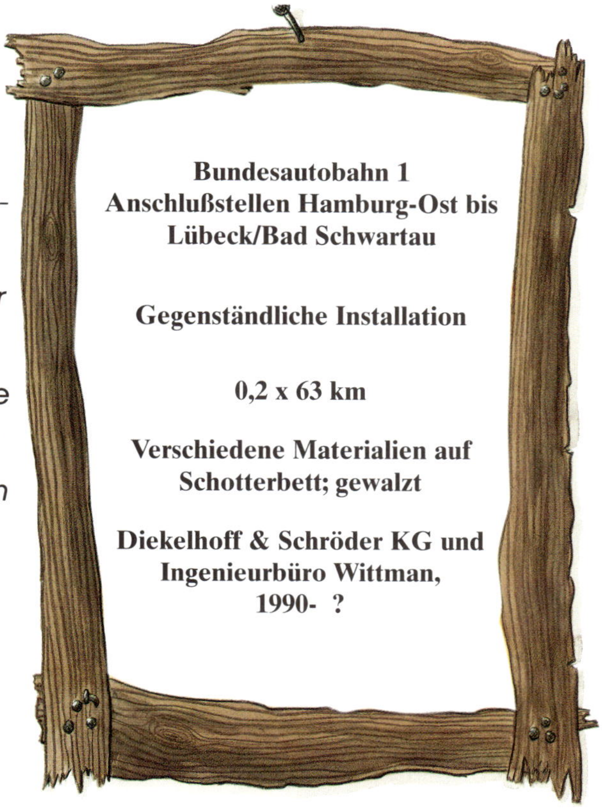

Diese liebevoll-naive Aussage einer frühen Zeitzeugin erfaßt das künstlerische Wollen Felix Wittmanns in einem Satz.

Bereits im Jahre 1912 schuf der Elementarkünstler mit seinen Ausschachtungsarbeiten am Pankower Kreisel das bis auf den heutigen Tag meistbewunderte Verkehrshindernis Berlins.

Nach vielen Jahren rastlosen Umgrabens verschiedener Neubaugebiete erfüllte sich Wittmann seinen alten Lebenstraum und verwirklichte seine Vision von einer zeitlosen Großbaustelle an der Autobahn 1. Ein Werk, das Wittmann selbst als ein Monument der Unnachgiebigkeit verstanden wissen wollte. Nur der strengen Zurückhaltung der Baufirma Diekelhoff und Schröder ist es zu verdanken, daß uns das Kunstwerk bis heute unberührt erhalten geblieben ist: Auch nach all den Jahren erdrückt das Gesamtmotiv den Betrachter mit wuchtig aufgetürmten Bergen gelben Sandes, spielerisch verfaultes Schalholz umschmeichelt wie zu einer Liebeswerbung verrostete Stahlmatten in geborstenem Beton. Öl- und Reifenspuren von schwerem Gerät verlieren sich endlos in Lehm und Geröll.

Aber Wittmann wäre nicht Wittmann, wenn er der vordergründigen Rohheit der Installation nicht unmittelbar pittoreske Kontraste gegenübergestellt hätte:

Wie zufällig flattert ein rot-weißes Absperrband im Wind – ein gelber Schutzhelm pendelt verloren am Schaltgestänge einer längst verlassenen Dampfwalze.

Wittmanns Werk genießt den Ruhm, den es verdient. Es gilt heute – so der Göttinger Kunsthistoriker Prof. Oswald Ziegler – als das **Disneyland der Avantgarde**.

Kilometerlange Besucherströme werden Jahr für Jahr in einer werkgerechten, einstreifigen Verkehrsführung im Schrittempo durch das Arrangement geleitet und durch in die Fahrbahn eingesenkte, reflektierende Metallnoppen mahnend aufgerüttelt.

Felix Wittmann ist gegangen – seine Baustellen werden bleiben.

Ausfahrt
Helmpflicht

Stenkelfeld

Wittmanns Werk an der A1 ist längst kein Unikat mehr. Ein Heer von Plagiatoren hat sich mittlerweile darangemacht, entlang den Autobahnen und Landstraßen Installationen von ähnlicher Vollkommenheit zu präsentieren.
Wer sich an solcher Kunst sattgesehen hat und an seinem eigentlichen Fahrziel festhält, sucht nach Alternativen und stößt irgendwann auf den guten, alten Schienenverkehr.
“Vorfahrt für die Vernunft, umsteigen auf Bus und Bahn” heißt darum die wegweisende Preisoffensive der Deutschen Bahn, die mit attraktiven Tarifangeboten dazu beitragen soll, dem Verkehrsinfarkt auf Landstraßen und Autobahnen Einhalt zu gebieten. Ab heute beginnt im Hauptbahnhof Stenkelfeld der Kartenverkauf mit zum Teil sensationellen Preisnachlässen.
Grund genug für unseren Reporter, mit Bahnoberbetriebswart Ronald Bröchterbrake an Schalter 2 einmal ins Detail zu gehen.

Sondertarife bei der BAHN

Herr Bröchterbrake, wie sieht die Aktion im einzelnen aus?

Ja, also das Wichtigste ist, daß Sie ab jetzt mit der grünen Saisonkarte im Streckennetz Sögel - Antwerpen an katholischen Feiertagen nach 24 Uhr mit einer fünfzehnköpfigen Reisegruppe mit maximal 2 Damen zuschlagfreien Anschluß an die Klütenbahn bis Harsefeld haben.
Und jetzt kommen Sie!

Vielleicht machen wir's doch mal an einem etwas einfacheren Beispiel fest: Welches Angebot könnte mir die Bahn beispielsweise heute morgen für die Fahrt nach Wiesbaden machen?

Was wollen Sie da denn?

Nur so als Beispiel.

Also: Einfache Fahrt Stenkelfeld - Wiesbaden; da gilt im November der Honeymoon-Tarif, allerdings ohne Gepäck. Wie heißt Ihre Braut denn?

Ich bin leider schon verheiratet.

Ja, dann würd' ich an Ihrer Stelle heute gar nicht fahren – da warten Sie bis Montag, da gilt unser Sonderticket "Fahrt ins Graue" an ungeraden Werktagen im Schaltjahr außerhalb der Schulferien als Begleitperson von wenigstens fünfzehn Waisenkindern. Käme das in Frage?

Nun, also Waisenkinder wüßte ich jetzt nicht, wo ich die so plötzlich…

Ja, dann fahren Sie doch einfach am Sonntag 4 Uhr 17 ab Struchtrup zum ganz normalen Astro-Senioren-Trampertarif bis Schöffengrund, das ist allerdings ein Sackbahnhof, da haben Sie zwei Übernachtungen; am Dienstag fahren Sie dann 16 Uhr 12 mit dem Intercity "Bembelblitz" direkt durch bis Wiesbaden. Ankunft 20 Uhr 3 auf Gleis 1, da müssen Sie aber am selben Tag noch zurück.

Das wäre dann 20 Uhr 12 auf Gleis 24. Das kann man schaffen. Macht zusammen 74 Mark.

Das ist wirklich günstig! Wie war das? Seniorentramper…

Astro-Senioren-Trampertarif: Gilt für widdergeborene Handwerksmeister über 75 Jahre mit bis zu 4 Rucksäcken ohne Gepäckzuschlag, aaaaaber…ich seh' gerade: Nur donnerstags.

Herr Bröchterbrake, angenommen ich wäre nun nicht in den Flitterwochen, hätte keine fünfzehn Waisenkinder zu betreuer, wäre kein greiser Handwerksmeister und möchte einfach so ohne Rucksäcke nach Wiesbaden. Und zwar heute!

Bitte, bitte - 970 Mark 50, aber ohne Sitzplatzanspruch.

Und das nennen Sie billig?

Ja, glauben Sie, wir machen für jeden verkorksten Sonderling 'n Billigtarif?

Äh, nein das geht natürlich nicht, dann fahr' ich eben nach Hamburg!

Und das könnten Sie mit der "Cargo-Karte" 15 Uhr 9 bis Freihafen – das ist allerdings in der Bullenbox vom Viehcontainer…

Ach…

Tjahaa…wenn heute Muttertag wär'…

ALTER
Cargo Karte
Gepäck-Zuschläge
1. 1 Rucksac
2. 2 Rus
3.
AHRT
NS
RAUE«
NGEBOT
DB
DB
427
sfeld
Gleis
1
Stenkelfeld Hbf
HSV
MSV
SSV
DB
Bequem!
Sauber!
Sicher!

Stenkelfeld

Noch unübersichtlicher als das Tarifsystem der Bahn ist nur noch eine typische, dem Ordnungssinn der Angestellten (und damit sich selbst) überlassene Betriebs-Teeküche nach ca. 3 normalen Arbeitstagen. Als Endlager für verschmähte Speisen und Getränke aller Art rückt dieses Refugium seltenster Mikroben und farbenprächtiger Zersetzungprozesse in das Blickfeld der Wissenschaft.
Ehrfurchtsvolle Bewunderung und zufriedene Gesichter gab es zum Beispiel in der vergangenen Woche bei rund 150 Chemikern und Biologen in der kleinen Personalküche des Textilhauses Hörmeyer. Auf einer Pressekonferenz brachten die Forscher des Horst-Frank-Instituts ihre Begeisterung über die ersten Beobachtungen zum Ausdruck.

Die Teeküche

Am Anfang der Veranstaltung stand der Dank an die 64-köpfige Belegschaft des Textilunternehmens Hörmeyer und Söhne für den Erhalt eines Biotops von unschätzbarem Wert, das vielen vom Aussterben bedrohten Organismen und organischen Verbindungen neue Lebenschancen bot. Projektleiter Prof. Dr. Erwin Pöppensieker, Mikrobiologe an der Uni Münster, bezeichnete die Teeküche der Firma geradezu als einen Glücksfall für die Wissenschaft:

Was uns begeistert, ist die Vielzahl der Forschungsobjekte, die hier auf uns einstürmt, man weiß gar nicht, wo man anfangen soll.
Die Untersuchungen konzentrierten sich zunächst auf das Ekelgas Methan C12; es wurde bisher in geringen Mengen bei Vulkanausbrüchen nachgewiesen, entsteht aber – wie wir jetzt wissen – in weit höherer Konzentration auch bei der Kompostierung von Kartoffelsalat.

Des weiteren scheint es den Mitarbeitern dieser Firma gelungen zu sein, in den Resten eines circa achtzehn Jahre alten Broccoli-Auflaufs den äußerst seltenen Gemüse-Schleimolm wieder heimisch zu machen, oder – wieder nur eine von vielen Sensationen:
Wir haben in einem Obstsalat unbestimmbaren Alters Larven des blauen Bananensichlers entdeckt, einer Spezies, die selbst in ihrem Ursprungsland Uganda nicht mehr anzutreffen ist.

So erfreulich die wissenschaftliche Ausbeute in der Teeküche der Firma Hörmeyer und Söhne auch war; die Angestellten lebten – so Prof. Dr. Pöppensieker – jahrelang in unmittelbarer Nähe einer biologischen Zeitbombe:

Zu nennen wäre hier in erster Linie eine recht ansehnliche Population äußerst resistenter Pesterreger in der einhundertdreißigsten Generation, der eine indische Reispfanne aus dem Jahre 1967 als Nährlösung diente. Und selbst für den Laien mit bloßem Auge erkennbar:
Eine fast vollständig erhaltene, gefüllte Paprikaschote, die einer Familie hochtoxischer bengalischer Moorskorpione Unterschlupf geboten hat.
Rätselhaft sind uns zur Zeit noch fußballgroße, pinkfarbene Schimmelwälder über einer Mischung aus Quark- und Kaffeeresten.

Doch damit nicht genug. Die Fundstelle bietet auch Spielraum für Spekulationen aus dem Reich des Aberglaubens:

Auf der Pyramide nicht abgewaschenen Geschirrs lastet der Fluch der Pharaonen. Dazu Professor Pöppensieker:

In der Tat fanden sich entlang der Mittelgräte eines Maischollen-Skeletts aus der Gründerzeit jene winzigen, gelblichen Pilzkulturen, die zuletzt bei der Öffnung des Grabes von Tut-Ench-Amun entdeckt wurden.

Was die Wissenschaftler freut, treibt die Belegschaftsmitglieder von Hörmeyer und Söhne jetzt auf die Barrikaden. Sie drängen auf die sofortige Wiedereröffnung ihrer Teeküche, die sich – so die Angestellten – in keiner Weise von denen in anderen Firmen unterscheide.

Think
posit
Blasen
tee

Stenkelfeld

Nach den letzten Berichten könnte man meinen, das Leben sei ein einziges unappetitliches Ärgernis aus Chaos und Verwirrung. Doch das wäre ungerecht, denn zum Glück gibt es noch letzte Reservate von Klarheit und Vernunft.

Ein leuchtendes Beispiel gibt das deutsche Fiskalwesen mit der Reform der Besteuerungsgrundlagen und einer drastischen Vereinfachung der einzureichenden Formulare. Beim Finanzamt Stenkelfeld-Süd sollen die Steuerfälle im Zuge dieser Erleichterungen nun wesentlich schneller abgewickelt werden, so daß selbst der seltene Vorgang einer Rückerstattung bereits zu Lebzeiten des Steuerpflichtigen erfolgen könnte.

Grund genug für unseren Reporter, einmal mit Karsten Oehl, Sachbearbeiter für den Buchstaben "Ö", vor Ort ins Detail zu gehen.

Beim
STEUERBERATER

Herr Oehl, kann der normale Gehaltsempfänger mittlerweile auf den teuren Steuerberater verzichten?

Ja, warum denn nicht!?
Schau'n Sie, das neue Steuerrecht ist ja inzwischen so sehr auf Bürgernähe durchreformiert worden, daß das Ausfüllen der wenigen Formulare zum Kinderspiel wird.

Mit welchen Neuerungen hat man diese Vereinfachung erreicht?

Vielleicht das Wichtigste vorab: Verlustrückträge nach 42 AO und 11 ESTG können nunmehr Regelversteuerungen nach einer abzugsfähigen Vorabvergütung weit unterhalb der Sockelpauschale im Wege einer Kettenschenkung linear zur Überschußrechnung quasi wie bei Nullbesteuerten führen. Also hier spricht der Gesetzgeber eine deutliche Sprache.

Bitte Lohnsteuerkarte(n) im Original beifügen!

...und doch bereiten gerade Vereinfachungen wie diese dem Steuerpflichtigen immer noch Kopfzerbrechen.

Und das muß nicht sein, denn im Zuge dieser Vereinfachungen drängen sich die zahlreichen Entlastungen geradezu auf.

Können Sie da ein paar einfache Beispiele geben?

Denken Sie beispielsweise an das weite Feld der renditefähigen Kapitalrückstellungen. Hier entlasten wir vorrangig Ledige mit mindestens acht Pflegekindern sowie Ehepartner, wenn wenigstens einer von ihnen verheiratet ist.
Darüber hinaus gewährt der Staat auf der Anlage O im zweiten Zusatzblatt Freibeträge auf Zinsgewinn ohne Abzugsbeschränkung bei Kindern, die bis zum 10. Lebensjahr einen eigenen Wohnsitz nachweisen, wenn beide Elternteile getrennt lebend im Ausland studieren.

Sicherlich eine sinnvolle, überfällige Entlastung, die ja aber nun nicht alle Haushalte betrifft.

Und hier sorgt der Staat auf dem Ergänzungsantrag 1B zur Anlage V für einen angemessenen Ausgleich. Das wird besonders diejenigen interessieren, die etwa ein Stahlwerk besitzen, eine gewerbliche Fährschiffreederei betreiben oder aber in den neuen Bundesländern ein Raumfahrtunternehmen gründen. Für diesen Kreis gilt im Regelfall für die Pauschalhinterziehung ein Verzicht auf die obligatorische Gewinnverprobung, vorausgesetzt, jene Personen haben oder hatten Kinder, die in den ersten sechs Lebenswochen pflegebedürftig sind oder waren.

Beleuchten wir auch mal einen Sonderfall und nehmen an, es gäbe einen Angestellten mit 4500 Mark Brutto im Monat, verheiratet, 2 Kinder...

Nun, es handelt sich hier um einen doch recht komplizierten Einzelfall, zu dem ich im Detail wenig raten kann. Spontan würde ich sagen: Steuerberater und Rechtsanwalt hinzuziehen, vorsorglich Haftverschonung beantragen und von weiteren Einkünften, die alles nur schlimmer machen, dringend absehen.

Name (pauschal)

Steuernummer

Anlage BSE

(Besondere Sonder-Einkünfte)

Bitte Lohnsteuerkarte(n) im Original beifügen!

1997

99	4	Stpfl./Ehem. = 7 Ehefr. = 8
89		

Allgemeine Angaben

Zeile	Gewinne aus Verlusten	DM / Pf – Erste Lohnsteuerkarte	DM / Pf – Weitere Lohnsteuerkarte(n)	
1				85 Veranlagungsgrund
2	**Rückstellungen mit Erstattungsvorbehalt**	10	11	10
3	**Arb. ZwVerg. mit nachtr. Abg.-Aufw. nach §14/2**		41	40
4	**Verbleibende Verlustabzüge**	50	51	50
5	**Zinsfreistellungen** (Brutto)	42	43	42
6	**Bezahlte MwSt. in 1997** (Nachweise beifügen)	44	45	44
7	**Vorsorgeprogression** (soweit nicht in Zeile 3)			11
8	**Prämien aus Kindschaftsverhältnissen** (nur neue Bundesländer)		32	41
9	**Splitting nach Doppelbesteuerungsabkommen**		33	51
10	**Freiwillige Entschädigungen**		13	
11	**Gebührenpflichtige Pauschalen** (soweit nicht in DM)		66	33
12	**Rückwirkende Kapitalauslagen**	46		13
13	**Einbehaltene Tabaksteuer** (nur Nichtraucher)	48		
14	Sonstige, nicht nachvollziehbare Einkünfte		15	
15	**Gewinne aus Straftaten und/oder Ordnungswidrigkeiten**		39	
16	Ausfallgeld zu Zeile 7 (soweit nicht nach §412/3a-d abgegolten)		36	
17	(Land)	anr. Kursverlust ▸	16	17 Länderschlüssel
18	Schweizerische Abzugsteuer		35 Sfr	
19	Steuerfrei entrichtete Ausgabenpauschale		Betrag	
20	Abschreibungsfähige Kinder oder Kinder, die man bis spätestens zum 31.12. abschreiben kann		19	19
21	**Aufrechnungsdifferenz nach 61 EstGb** (Freistellungsbescheinigung beifügen)		20	20
22	**Ggfs. Ersatzleistungen aus Zeile 12**			
23	Bemessungsgrundlg. für Vorwegabzug ohne Kürz.		1115	
24	☐ Ich habe für Teilzeitbeschäftigung/als Aushilfskraft pauschal besteuerten Arbeitslohn erhalten.			99 8 Stpfl./Ehem. = 7 Ehefr. = 8

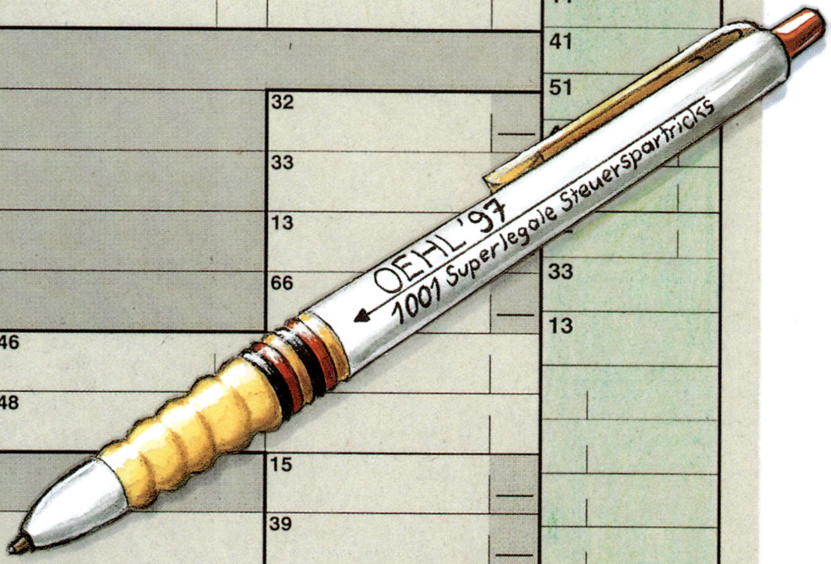

Unterschrift

25 Mir ist bekannt, daß falsche oder unvollständige Angaben eine schwere Straftat darstellen, für die ich im Entdeckungsfalle eine langjährige Haftstrafe zu vergegenwärtigen habe. Beim Auftreten eines Anfangsverdachtes bin ich mit sofortiger Einweisung

26 in die Untersuchungshaft einverstanden und verzichte in diesem Fall auf Widerspruch oder die sonstige Wahrnehmung bürgerlicher Grundrechte.

89

Versorgungspauschale gekürzt = 1 ungekürzt = 2

27 Bei der Anfertigung dieser Steuererklärung/dieses Antrags und der Anlagen hat mitgewirkt:

35

28

77

29

30 Datum, Unterschrift(en)
Anträge/Steuererklärungen sind eigenhändig - bei Ehegatten von beiden - zu unterschreiben.

Stenkelfeld

Handelt es sich bei der jährlichen Steuererklärung um eine klassische Bringschuld des Bürgers, so wird zum Ausgleich ja doch so manches frei Haus geliefert. Wer allerdings an Werktagen einer geregelten Beschäftigung außer Haus nachgeht, kommt gar nicht erst in den Genuß solcher Erleichterungen. Für das Wert-Einschreiben, die Zeugen Jehovas oder die neue Eßecke vom Möbelversand ist vor der verschlossenen Wohnungstür in der Regel Endstation. Diese Barriere wird seit kurzem vom ***Granata-Fernwärme-Meßdienst*** *mutig durchbrochen. Grund genug für unseren Reporter, einmal mit den Verantwortlichen vor Ort ins Detail zu gehen.*

Unterwegs mit dem GRANATA

FERNWÄRME -MESSDIENST

Eins…und zwei…Zuuuugleich!!

DIE ZARGE DER FRISCHLACKIERTEN JUGENDSTIL-TÜR HATTE DEM WUCHTIGEN AUFPRALL DES SCHWEREN, HÖLZERNEN RAMMBOCKS NICHTS ENTGEGENZUSETZEN. DAMIT WAR DER WEG FREI FÜR WÄRMEBETRIEBSWART RUDOLF OBERRÖHRICH, BEGLEITET VON ZWEI VEREIDIGTEN MESSDIENERN, ZU EINER ETAGENWOHNUNG AM BÖLTERKAMP. IN EINER WOLKE AUS HERABRIESELNDEM MÖRTELSTAUB KONNTE DAS INTERVIEW BEGINNEN.

Herr Oberröhrich, warum dieser rüde Einbruch?

Ja, weil hier Fernwärme liegt – da sind Verdunster an den Heizkörpern, und da müssen wir ran!

Ja, ist klar, die Frage zielte auch mehr auf die Art und Weise, wie Sie hier die Tür eintreten und einfach so einbrechen.

Moment, wir haben ausdrücklich darauf hingewiesen: Beim dritten Mal entstehen Kosten.

Wie sollte sich denn der Wohnungsmieter generell verhalten, um diese Kosten zu vermeiden?

Ja, ganz einfach, indem er auch mal zuhause ist. Wir machen ja alles: Ein halbes Jahr vorher geben wir ein Anschreiben raus, da steht genau drauf:
„Wir kommen Anfang des Jahres zwischen 8 und 18 Uhr, seien Sie bitte zugegen und räumen Sie die Heizkörper frei!“ Und wenn dann trotzdem keiner angetroffen wird, dann sind wir ja so kulant und machen noch ‘ne Mitteilung:
„Wir kommen die Tage nochmal.“

Und mehr kann man ja nun wirklich nicht verlangen.

Und wenn sich die Mieter dann immer noch aus der Affäre ziehen wollen, dann entstehen Kosten, das sehen Sie hier ja!

Nun gibt es ja sicherlich auch triftige Gründe dafür, warum Leute gerade mal nicht in Ihrer Wohnung sind…

Ach, was wir da schon an Ausreden gehört haben, da ist das Ende von weg. Die meisten kommen denn mit: Sie wären zur Arbeit – ich sag dann schon immer: „Ja, zur Arbeit müssen wir alle, das kann wohl kein Grund sein", andere sagen dann, sie wären im Urlaub gewesen – als wenn das immer so ginge – und neulich kam einer mit „Er wäre im Krankenhaus"! Ja, da frag ich Sie: Was geht denn nun vor?!

Nun wäre es ja denkbar, daß man bei guten Nachharn den Wohnungsschlüssel hinterlegt, um den sonst erforderlichen Aufbruch doch noch abzuwenden...

Ja, wollen Sie Ihre Nachbarn in Ihrer Wohnung herumschnüffeln lassen?
Ich könnte Ihnen da Sachen erzählen, was wir schon rein zufällig gefunden haben: Mahnbescheide und Kontoauszüge irgendwo in so einem zwanzigbändigen Lexikon, Bargeld in Kaffeedosen auf dem Küchenschrank, Reizwäsche und Perücken unter den Dielenbrettern, Pornohefte zwischen der Bettwäsche und alles. Ich meine, wir machen da nichts von, aber wenn sich das im Haus herumspricht...

Herr Oberröhrich, wie sieht jetzt das weitere Vorgehen aus?

Ja, hier sind wir gleich durch, das heißt, wir haben jetzt nur noch eine Wohnung im Erdgeschoß, aber da haben wir im Grunde keine Probleme. So, und nun laß mich mal kurz durch...

OBERRÖHRICH BEUGT SICH AUS DEM GEÖFFNETEN WOHNZIMMERFENSTER.

HERBEEERT, fertiiiig!!!

DAS OHRENBETÄUBENDE GERÄUSCH EINER ZERBERSTENDEN BALKONTÜR IM ERDGESCHOSS SIGNALISIERTE:
AM BÖLTERKAMP KOMMEN DIE GRANATALEUTE DIESMAL ZÜGIG VORAN!

GRANATA
GRANATA
PRALINA
SPRAYBOY

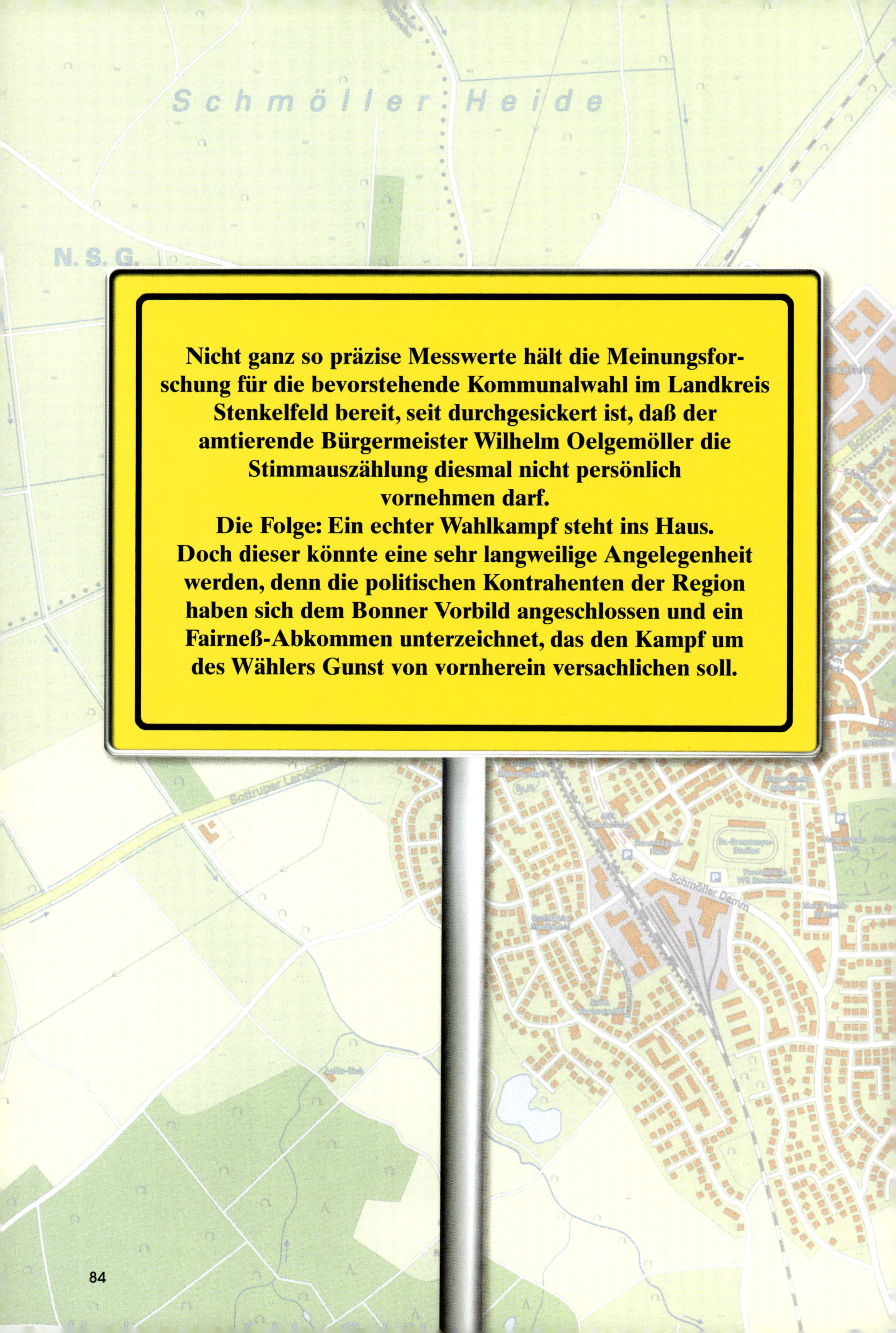

Nicht ganz so präzise Messwerte hält die Meinungsforschung für die bevorstehende Kommunalwahl im Landkreis Stenkelfeld bereit, seit durchgesickert ist, daß der amtierende Bürgermeister Wilhelm Oelgemöller die Stimmauszählung diesmal nicht persönlich vornehmen darf.

Die Folge: Ein echter Wahlkampf steht ins Haus.

Doch dieser könnte eine sehr langweilige Angelegenheit werden, denn die politischen Kontrahenten der Region haben sich dem Bonner Vorbild angeschlossen und ein Fairneß-Abkommen unterzeichnet, das den Kampf um des Wählers Gunst von vornherein versachlichen soll.

Das Fairneß-Abkommen

IM KAMPF UM DIE 456 MANDATSSITZE DER HIESIGEN GEMEINDEVERTRETUNG ZÄHLEN IN DIESEM JAHR ALLEIN DIE BESSEREN ARGUMENTE.
VON POLEMIK UND GEGENSEITIGEN BELEIDIGUNGEN HÄLT WILHELM OELGEMÖLLER, BÜRGERMEISTER UND LISTENKANDIDAT DER SPD, ANGESICHTS DER SCHWIERIGEN LAGE DER REGION ÜBERHAUPT NICHTS:

Wir werden in diesem Jahr Sachthemen in den Vordergrund stellen und uns hüten, im Privatleben unserer Mitbewerber herumzustochern – schließlich geht es niemanden etwas an, daß der CDU-Kandidat Heinrich Oertel heimlich Strumpfhosen trägt. Auch seinen Hang zum Glücksspiel und seine ständigen Alkoholexzesse werden wir nicht zum Thema machen!

AUCH DER EBEN ERWÄHNTE HEINRICH OERTEL, EHEMALIGER BESITZER EINES AUTOHANDELS UND VORSITZENDER DES STENKELFELDER GEWERBEVEREINS, HÄLT ES MIT DEM MOTTO "FAIR GEHT VOR" UND WEIST SUDELATTACKEN GEGEN OELGEMÖLLER UND SEINE PARTEIFREUNDE WEIT VON SICH:

Aus zahlreichen Gesprächen mit minderjährigen Prostituierten, die bei Oelgemöller ein und aus gehen, wissen wir, daß bei ihm das Wohl unseres Gemeinwesens an erster Stelle steht.
Deshalb konnten wir uns dem Fairneß-Abkommen leichten Herzens anschließen!

BEI DER UNTERZEICHNUNG DES ABKOMMENS GESTERN ABEND IM GASTHOF KNOLLMEYER WURDE IM FOLGENDEN SACHDIALOG ÜBERDEUTLICH, DASS DIE BEIDEN SPITZENKANDIDATEN DIESMAL WIRKLICH EINEN NEUANFANG IM FAIREN UMGANG MITEINANDER SUCHEN:

Wir werden es eben nicht zum Wahlkampfthema machen, aus welchen Geldquellen unser sauberer Bürgermeister seinen Drogenpuff im Hachmannsfelder Gehölz finanziert.

Auch bei uns stehen nur Sachargumente im Vordergrund. Was interessiert es schließlich den Bürger, daß Herr Oertel seine marode Autoklitsche selber angezündet hat, um mit der Versicherungssumme die Spielschulden seiner Mutter zu bezahlen.

Von wem war denn die Magd von Niggemeyers Helmut viermal schwanger?...

Du mußt Dich melden, Deine Frau streut doch wie 'ne Schrotflinte durch's Dorf!

Dann erkläre doch mal, warum Du letzte Woche mit drei Promille erwischt worden bist und immer noch Deinen Führerschein hast!

Erklär' Du lieber mal, wo Du 'ne Baugenehmigung im Naturschutzgebiet her hast!

Einem, der im "Lolita-Club" Mengenrabatt bekommt, brauche ich hier gar nichts zu erklären!

DER STENKELFELDER WAHLKAMPF HAT BEGONNEN.
FAIR IM UMGANG, ABER HART IN DER SACHE.
DIESES MOTTO SOLLTE BUNDESWEIT SCHULE MACHEN.

Heinrich Oertel
CDU
sachlich ins neue Jahrtausend
fair geht vor
noch fairer
absolut fair!!
fairer geht's nicht!!
Wilhelm Oelgemöller
SPD
sachlich ins neue Jahrtausend
fair geht vor!
ehrlich am fairsten!!
viel fairer!
doppelt fair!!
WELLE HERINGSMOOR
SAAT.1
hr3
CDU
SPD
Radio Reykjavik
WDR
MTV
Antenne Struckhup
mdr
ndr 2
RTL
warte
WURX!
Lolita Club
Rechnung Oelgemöller
47 Stunden
à 200,-
gesamt: 9400,-
50% Rabatt 4700,-
4700,-
1000

Stenkelfeld

Zu einem Fairneßabkommen konnten sich die Hauptkonkurrenten der Fußball-Kreisklasse B bislang nicht durchringen. Zu verbissen tobt der Kampf um die vorderen Plätze. Da wird mit letztem Einsatz gekämpft, da geht es regelmäßig hart zur Sache, da werden die ewigen Vereinslegenden geboren.
Allerdings nicht auf dem Rasen. Im Erdgeschoß des Amateurfußballs fallen die Entscheidungen außerhalb des Spielfeldes. An den Wurstbuden und Grillständen stehen die wahren Stars der 10. Liga, die die Wende herbeiführen, wenn's brenzlig wird, im letzten Moment ihren Senf dazugeben oder Verlorengeglaubtes doch noch aus dem Feuer holen. Helden der Holzkohle, nach denen sich mancher Bundesliga-Club buchstäblich die Finger lecken würde.
Grund genug, die Reportagen in der Schlußphase des letzten Hinrundenspieltags im Wortlaut zu dokumentieren.

Herbstmeisterschaft am Kreisliga-Grill

INSGESAMT 317 ZAHLENDE ZUSCHAUER DRÄNGTEN SICH BEI DEN PARTIEN VFR STENKELFELD GEGEN GERMANIA STRUCHTRUP, TUS HERINGSMOOR GEGEN FRISIA ANKUMERSIEL SOWIE BEI DER CONCORDIA AUS HACHMANNSFELD, DIE AUF DIE ELF DER SPIELVEREINIGUNG ÖNKEL TRAF. WER WIRD HERBSTMEISTER? – WIR BLENDEN UNS EIN IN DIE SCHLUSSKONFERENZ.
ZUNÄCHST GÜNTHER MÖNZ AN DER DR. BROERMEYER-KAMPFBAHN IN STENKELFELD.

Zufriedene Gesichter im weiten Rund hier in Stenkelfeld, nachdem vor wenigen Minuten sage und schreibe 43 wohlduftende Thüringer Bratwürste in einer Direktabnahme vom Grill gezogen wurden.
Und jetzt, da nur noch wenige Minuten zu spielen sind, gilt für Emma Görtemöller hier am Wurststand: Hinten langsam dichtmachen und vorne nichts mehr anbrennen lassen. Sie stand während der gesamten 90 Minuten eigentlich immer goldrichtig, überbrückte die Freiräume auf dem Rost geschickt mit schnellen Frikadellen und griff auch beherzt da ein, wo's wehtut, z.B. in der 44. Minute, als ihr nach einem Stellungsfehler eine lange, dünne Schinkenwurst unhaltbar in die Holzkohle rutschte.
Ja, nun, sie kann hier in der Schlußphase ganz befreit aufgrillen…

ZU DIESEM ZEITPUNKT WAR IN STENKELFELD PRAKTISCH ALLES GELAUFEN, ABER WIE SAH ES BEIM TUS HERINGSMOOR AUS, WO ZULETZT DAS TOASTBROT AUSGING?
REPORTER VOR ORT WAR KARSTEN GRÖLL.

So um die 2, 3, vielleicht auch 4 Bier sind hier noch zu trinken, falls Mia Bölter nicht noch nachzapfen läßt.
Es gab einige Unterbrechungen in der 2. Hälfte, als hier das Toastbrot ausging und nach einer wütenden Attacke der Gäste hier der gesamte Stand zu kippen drohte.

Danach viel Hektik im Grill, es brannte an allen Ecken und Enden, da fehlte die ordnende Hand, völlig unverständlich dann die Auswechslung der bis dahin starken Schinkengriller gegen die zuletzt enttäuschenden Rippchen. Auch die Bouletten ohne den rechten Biß, insbesondere von dem teuer eingekauften italienischen Senf hat man sich deutlich mehr erwartet.
Wieder und wieder wurde hier in Sprechchören die Hereinnahme von Schaschlik gefordert, der jedoch – so Mia Bölter vor der Partie – bleibt in der Tüte und soll für das Pokalspiel am nächsten Wochenende geschont werden.
Immerhin – und das als kleiner Lichtblick – sind die Thüringer hier nicht von Pappe, sondern von Porzellanteller – Mia Bölter ist ja seit Anfang Oktober spülberechtigt.
Jetzt wieder ein harmloses Geplänkel in der Cola-Kiste, da ist mittlerweile doch viel Leergut im Spiel, und da heißt es aufpassen, daß...

EXPLOSION, EXPLOSION!!!

DIESER HEISERE AUFSCHREI AUF DER KONFERENZLEITUNG ERFORDERTE EINEN SOFORTIGEN SCHAUPLATZWECHSEL. AUF DEM SCHUL- UND SPORTGELÄNDE "AM TIMPEN" IN HACHMANNSFELD WAR ES KURT PÖLZNER VERGÖNNT, LIVE UND WIE IMMER IM STIL SEINES GROSSEN VORBILDES WERNER HANSCH AUF DIE SCHLÜSSELSZENE DES BIS DATO DAHINPLÄTSCHERNDEN VERFOLGERDUELLS ZU GEHEN.

Ja, da hat es "Rummms!!!" gemacht. Pardautz!!! Da hat die dicke Minna Pötter drei, vier mal zuviel an dem brüchigen Propanschlauch gewackelt und sowat wird bestraft im Kreisligafußball.
Da zischt erst eine ganz flache Stichflamme unter die Koteletts, Mia Bölter eine Sekunde unaufmerksam, und dann geht der ganze Grill hoch wie Wilhelm Oelgemöller nach 'ner Wahlniederlage. Und jetzt hängt hier der Himmel voller Bratwürste!!
Was hatte es im Vorfeld für Diskussionen gegeben um diesen alten Gasgrill aus Opa's Zeiten.
Noch vor dem Anpfiff hatte Manager Öckel die Frau Pötter beschworen: „Minna, nimm' Holzkohle!!"

Aber so ist dat im Fußball - die Frikadelle ist rund, und 'n Pils dauert 7 Minuten.

Und "Bupp" – aus der Traum; Stenkelfeld ist Herbstmeister, zurück ins Studio.

ht auf,
enn ihr
keler seid!
Vorever Hachmannsfeld
Önkel Vor!
GAS
Bei Minna
Pommes 2,50
Fanclub Önkel-Lions

Nicht nur die Hinrunde der Kreisklasse B neigt sich im Herbst dem Ende entgegen, sondern auch das Erdendasein des allzu sorglosen Pilzesammlers. Allein im Landkreis Stenkelfeld verenden jährlich über 40.000 Pilzfreunde an ihren Fundstücken. In einer Blockhütte am Rande des Hachmannsfelder Gehölzes soll nun vor Ort eine offizielle Pilzberatungsstelle – geleitet von Dr. Walter Broermeyer – spätere Trauerfälle vermeiden helfen. Grund genug für unseren Reporter, dem erfahrenen Diplombiologen einmal die eigene Ausbeute zur Begutachtung vorzulegen.

Die Pilz-Beratungsstelle

Was??? Die Dinger wollen Sie braten? Ja, haben Sie denn schon 'ne Grabstelle?

Herr Dr. Broermeyer, gibt es denn überhaupt eine verläßliche Methode, generell den Giftpilz vom Speisepilz zu unterscheiden?

Ein klares JA, dies ist verhältnismäßig einfach. Schon ein flüchtiger Blick durch's Elektronenmikroskop zeigt deutlich die verräterische Verkettung von rückdrehenden Nukleinsäuren mit valenten, cytochlorierten Sulfonamiden und einer auffälligen, oktopolaren Molekülstruktur, die dem Sammler klipp und klar sagt: „Finger weg!"

Das ist natürlich die einfachste Methode; was macht nun aber der Pilzfreund, der sein Elektronenmikroskop gerade nicht zur Hand hat?

Nun, der kann sich auf andere Weise ein eigenes Bild über die Genießbarkeit seiner Fundstücke machen. Weit verbreitet hier im Gehölz ist zum Beispiel der gemeine Röchelbovist. Sein Verzehr führt bereits nach wenigen Minuten zu eindeutigen Symptomen wie Erröten, Hemmungen und Kontaktschwäche. Darüber hinaus kommt es regelmäßig zu Verwechselungen des schmackhaften Marottenkremplings mit der täuschend ähnlichen schwarzen Gumpenmarone. Letztere führt innerhalb von zwei Wochen zu Blasenschwäche und Gänsehaut. Und besonders einfach und für jedermann nachvollziehbar ist der Test mit dem Schmandpockenröhrling und dem violetten Schabrackentäubling – im Volksmund "Papst-Matrone".
Beim letzteren färbt sich die ansonsten grünliche Gallenflüssigkeit beim Erbrechen gelb, und bei den Röhrlingsarten kennen wir ja alle diese eitrigen Blasen in den Kniekehlen und Armbeugen, die teilweise noch nach 20 Jahren auftreten können.
Also da kann sich dann auch der Laie ein Bild machen.

Können Sie das Pilzesammeln denn überhaupt noch empfehlen?

Ja, aber selbstverständlich! Der ganze Kram muß hier so schnell wie möglich weg. Pilze sind Sondermüll!

Pilzberatungsstelle
Notdienst
Do.:
21^{58}-22^{00}
geöffnet
Second Hand
439,-
In
stiller Erinnerung
879,99-
Sonderangebot
769,-
Ruhe in Frieden
Preisnachlaß:
statt 1390,- jetzt 998,90-

Die Pilzberatungsstelle hat's gezeigt: Beratung nützt, Beratung schützt! Man muß allerdings einräumen, daß Dr. Broermeyer sein segensreiches Wissen ehrenamtlich und vor allem unbürokratisch zur Verfügung stellt.

Für behördliche, aus Steuermitteln finanzierte Dienste gelten freilich andere Regeln, die gelegentlich große Meisterwerke hervorbringen.

Diese richtig wahrzunehmen und zu würdigen gelingt vielen erst in der Muße, die entsteht, wenn man als gemeiner Antragsteller bei der Baubehörde die Verlegung der offenen Klärgrube von der Frühstücksterrasse in den hinteren Grundstücksbereich begehrt.

Schon wenige Wochen des Wartens auf den zuständigen Sachbearbeiter genügen, um auch das ungeübte Auge für ein großes Werk zu öffnen, das eine Sonderausstellung rechtfertigt.

Die Kunstgalerie Stenkelfeld präsentiert:
– 100 Meisterwerke –

Deutscher Behördenschreibtisch

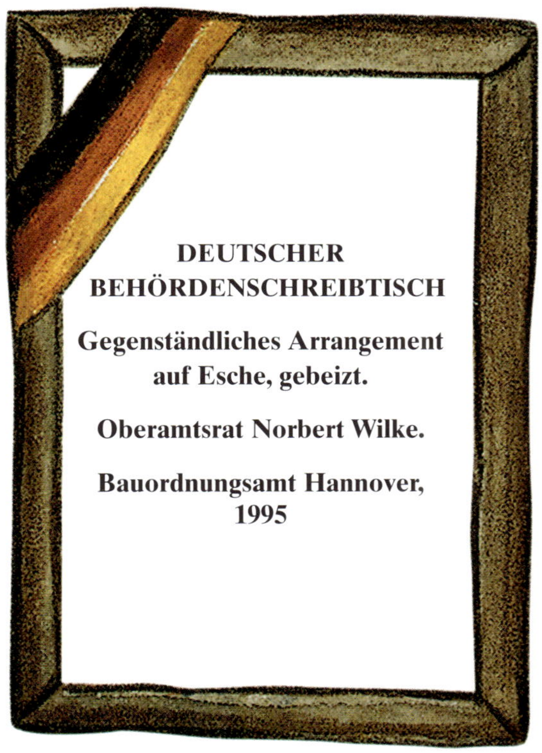

„Herr Wilke ist im Moment noch zu Tisch.“
Diese lapidare Auskunft seiner Sekretärin zieht sich leitmotivisch durch das Lebenswerk des Gestalters dieser vielbeachteten Installation **Deutscher Behördenschreibtisch**. In einer jovialen Verweigerung hektischen Umtriebs schöpft das Werk seine Kraft aus erhabener Gelassenheit.

Im Mittelpunkt des Arrangements die dunkelgrüne Schreibunterlage. Mit ihrer üppigen, abstrakten Kugelschreiber-Ornamentik, geschaffen im Verlauf zahlloser privater Ferngespräche, repräsentiert sie das in der Behördenkunst verbreitete Stilelement des **Werkes im Werk**.

Welche Inspiration führte die Hand des Zeichners? Waren es letzte Absprachen zur Festausschußsitzung des Kleingärtnervereins? Ein Wortschwall gut gespielten Bedauerns beim Vertrösten der Ehefrau wegen der zu erwartenden Überstunden?

Eine hastig dahingehauchte Verabredung mit Fräulein Bisping aus der Registratur? Oder doch nur die bange Nachfrage bei der KFZ-Werkstatt zum Fortgang der 40.000 Km-Inspektion für den Jetta LS? Der verdorrte Gummibaum an der rechten Tischkante würde es uns sagen können, doch er blinzelt verschwiegen in jene Sonne, die noch durch vergilbte Gardinen den Rest seines geizig bemessenen Wasservorrats verzehrt.

Wie zufällig zeigt die Spitze eines verbogenen, blechernen Brieföffners auf einen zerknitterten Bauantrag aus dem Jahre 1962. Ein scheinbar achtlos abgestellter Papierlocher bricht böswillig den rechten Winkel zwischen dem Holzlineal und zwei perfekt gespitzten Bleistiften der Härte 2.

In jungfräulicher Unberührtheit pendelt ein Stempel am Karussell, der den sanften Druck des Farbkissens nie hat spüren dürfen. **Erledigt** entziffern wir mühsam den seitlichen Aufdruck.

Beklommen spüren wir die Botschaft dieser Installation. Dies ist nicht der Ort, an dem bewegt, verändert oder solches Tun auch nur bewilligt würde. Die hornhautfarbene Thermoskanne im Vordergrund schleudert uns ein stummes **Halt!!** entgegen. Wie ein Wachturm steht sie in diesem Ghetto der Zeitlosigkeit. Aus einem Messingrahmen starrt die Familie mit leerem Blick auf ein sorgsam gefaltetes Stück Butterbrotpapier, das seiner Wiederverwendung harrt. Gleich einer Salzsäule vor Sodom verweilt der Betrachter und schämt sich seiner Begehrlichkeiten.

Wilke's Bauamts-Schreibtisch läßt uns schmerzhaft die eigenen Grenzen spüren. Leider nehmen immer weniger Kunstfreunde die Mühe auf sich, stundenlange Wartezeiten in finsteren Korridoren zu ertragen, um dann, benebelt von Bohnerwachs, verspannt von Zugluft und eingeschüchtert von der Aura essigsaurer Hartleibigkeit einen Blick auf das Werk zu erhaschen.

Und selbst diesen wenigen verschließt sich die letzte Antwort auf die Frage:
Was will uns Norbert Wilke mitteilen?

Die Antwort muß offen bleiben. Der Künstler ist noch zu Tisch.

Ernennung zum Oberamtsrat: Herr Norbert Wilke
Führungszeugnis
Gandbuch
Komme gleich wieder!
Sonderausste
Bitte nicht berühren!

Der genehmigte Bauantrag aus der Hand von Amtsrat Wilcke – das wäre wie Ostern und Weihnachten an einem Tag.

Und ginge es nach den Bedürfnissen des Einzelhandels, dann lägen beide Feste ohnehin nicht so umsatzfeindlich weit auseinander.

Aber: Am nahtlosen Übergang wird gearbeitet. Und das nicht nur in Stenkelfeld.

Weihnachten
im Oktober

Montag, 7. Oktober:
Schönster Altweibersommer. Noch einmal Menschen in T-Shirts und Sandalen in den Straßencafés und Biergärten. Bisher keine besonderen Vorkommnisse in der Innenstadt. Dann plötzlich um 10 Uhr 47 kommt der Befehl von ALDI-Geschäftsführer Erich B.:
Fünf Paletten Lebkuchen und Spekulatius in den Eingangsbereich!
Von nun an überschlagen sich die Ereignisse.

Zunächst reagiert SK-Geschäftsführer Martin O. eher halbherzig mit einem erweiterten Kerzensortiment und Marzipankartoffeln an der Kasse.

15 Uhr 7:
EDEKA-Marktleiter Wilhelm T. hat die Mittagspause genutzt und operiert mit Lametta und Tannengrün in der Wurstauslage.

16 Uhr 2:
Die Filialen von PENNY und IHRKAUF bekommen Kenntnis von der Offensive, können aber aufgrund von Lieferschwierigkeiten nicht dagegenhalten und fordern ein Weihnachtsstillstands-Abkommen bis zum 10. Oktober. Die Gespräche bleiben ohne Ergebnis.

Dienstag, 8. Oktober. 7 Uhr 30:
Im Eingangsbereich von Karstadt bezieht überraschend ein Esel mit Rentierschlitten Stellung, während 2 Weihnachtsmänner vom studentischen Nikolausdienst vorbeihastende Schulkinder zu ihren Weihnachtswünschen verhören.
Zeitgleich erstrahlt die Kaufhausfassade im gleißenden Schein von 260.000 Elektrokerzen.

Die geschockte Konkurrenz kann zunächst nur ohnmächtig zuschauen; immerhin haben jetzt auch SPAR, CO-OP und SK den Ernst der Lage erkannt.

Mittwoch, den 9. Oktober, 9 Uhr:
EDEKA setzt Krippenfiguren ins Gemüse.

9 Uhr 12:
SK kontert mit massivem Einsatz von Rauschgoldengeln im Tiefkühlregal.

10 Uhr 5:
Bei IHRKAUF verirren sich Dutzende Kunden in einem Wald von Weihnachtsbäumen.

12 Uhr:

Neue Dienstanweisung bei CO-OP:
An der Käsetheke wird mit sofortiger Wirkung ein **frohes Fest** gewünscht. Der SPAR-Markt kündigt für den Nachmittag Vergeltungsmaßnahmen an.

Donnerstag, 10. Oktober, 7 Uhr:

Karstadt schaufelt Kunstschnee in die Schaufenster.

8 Uhr:

In einer eilig einberufenen Krisenversammlung fordert der aufgebrachte PENNY-Geschäftsführer Walter T. von seinen Mitarbeitern lautstark **Weihnachten bis zum Äußersten** und verfügt den pausenlosen Einsatz der von der Konkurrenz gefürchteten CD **Weihnachten mit Mireille Matthieu** über Deckenlautsprecher.
Der Nachmittag bleibt ansonsten ruhig.

Freitag, 11. Oktober, 8 Uhr:

Anwohner der Ladenstraße versuchen mit Hilfe einer einstweiligen Verfügung die nun auch vom SPAR-Markt angedrohte Musikoffensive **Heiligabend mit den Flippers** zu stoppen.

9 Uhr 14:

Ein Aldi-Sattelschlepper mit Pfeffernüssen rammt den Posaunenchor **Adveniat**, der gerade vor Karstadt zum großen Weihnachtsoratorium ansetzen wollte.

9 Uhr 30:

Aldi dementiert. Es habe sich bei der Ladung nicht um Pfeffernüsse, sondern um Christbaumkugeln gehandelt.

Sonnabend 12. Oktober:

Die Fronten verhärten sich; die Strategien werden zunehmend aggressiver.

10 Uhr 37:

Auf einem Polizeirevier meldet sich die Diabetikerin Anna K. und gibt zu Protokoll, sie sei soeben auf dem CO-OP-Parkplatz zum Verzehr von Glühwein und Christstollen gezwungen worden.
Die Beamten sind ratlos.

12 Uhr:

Seit gut einer halben Stunde beschießen KARSTADT, EDEKA und CO-OP die Fußgängerzone mit Schneekanonen. Das Ordnungsamt mahnt die Räum- und Streupflicht an. Umsonst.

14 Uhr 30:

Weite Teile der Innenstadt sind unpassierbar. Eine Hubschrauberstaffel des Bundesgrenzschutzes beginnt mit der Bergung von Eingeschlossenen.

Menschen wie du und ich, die nur mal in der schönen Herbstsonne bummeln wollten.

ARSTADT
1,92
Lebkuchen
Christstollen
FROHE WEIHNACHTEN
KARSTADT

Stenkelfeld

Bevor kurz nach Weihnachten das Ostergeschäft beginnt, gilt es für den Einzelhandel, eine mehrtägige Umsatzflaute zu überbrücken. Dies führte zur Erfindung des Winterschlußverkaufs, einer Breitensportveranstaltung, die dem ambitionierten Verbraucher alles abverlangt. Die Jürgen-Koppelin-Bildungsstätte reagiert auf die hohen Anforderungen des WSV mit dem Angebot eines mehrtägigen Intensivtrainings für Fortgeschrittene in den Disziplinen "Rempeln", "Schmeißen", "Reißen", "Stoßen" und "Zerren". Grund genug für unseren Reporter, Übungsleiter Friedhelm Pötter beim Coaching in der Turnhalle des Claudia-Schiffer-Gymnasiums zu beobachten.

TRAININGSLAGER FÜR DEN WINTERSCHLUSSVERKAUF

So, Emma, Gewicht auf's Standbein verlagern!!

IM GRAUBLAUEN TRAININGSANZUG DER MARKE "FRÜHSPORT IN WANDLITZ" ÜBERPRÜFT FRIEDHELM PÖTTER DIE KORREKTE GRUNDSTELLUNG FÜR DEN WIRKUNGSVOLLEN ANGRIFF IN TEXTILABTEILUNGEN.

Augen zur Bettwäsche!...den linken Ellbogen 'raus, Schulter waagerecht!!
Links 'raus - zack!...nicht so aus der Hüfte kommen...jetzt die halbe Drehung...und gegenhalten...ja nix...Stop!!
Aus!!! Viel energischer decken, Frau Görtemöller, nicht abdrängen lassen!

Herr Pötter, Ihre Teilnehmerinnen sind ja durch die tägliche Jagd nach Sonderangeboten ohnehin gut austrainiert. Gibt's da überhaupt noch etwas zu verbessern?

Ja, Sie haben's ja selbst gerade bei der Frau Görtemöller gesehen:
Sie vernachlässigt noch zu sehr die Defensivarbeit. Damit gibt sie anderen Kunden die Möglichkeit, über die Schulter bzw. von links vorbeizugreifen, und damit ist sie natürlich insbesondere bei Kurzwaren und kleineren Haushaltsartikeln im Nachteil.
Aber sie hat auch ihre Stärken:
Frau Görtemöller kämpft in Rechtsauslage, das macht sie für den Gegner unberechenbar, sie hat eine starke linke Greifhand, steht eigentlich immer goldrichtig zum Regal, das können Sie jetzt gerade wunderschön beobachten...

PÖTTER SPENDET ANERKENNENDEN APPLAUS.

...jaaaa, sehr hübsch, Frau Görtemöller!!!

Ich sehe hier rechts in der Halle das Training mit dem Sonderangebot – eine Dame, die einen Slalomkurs durchläuft; um wen handelt es sich hier, Herr Pötter?

In diesem Bereich trainieren wir die technischen Fertigkeiten. Das ist unsere Frau Nöllken-Böckhoff, sie ist eine Filigrantechnikerin. Hier schön zu sehen: Sie führt den Artikel ganz dicht am Körper, ist schwer von der Ware zu trennen; hat schon beim letzten Schlußverkauf die Konkurrenz auf engstem Raum schwindelig gekauft.
Am Wühltisch und auf der Rolltreppe kann sie praktisch alles, aber im Zweikampf fehlt ihr noch der letzte Biß, nicht wahr, dieses unbedingte Habenwollen – sie ist mir auch noch häufig zu produktverliebt, sucht nicht immer den direkten Weg zur Kasse. Wenn sie denn mal gerempelt wird, bleibt sie zu oft stehen und reklamiert, anstatt energisch nachzusetzen.
Und dabei sag' ich ihr immer: Gerda, hör auf zu meckern. Gekauft ist, wenn die Kasse klingelt!

Wie hat sich das Kaufverhalten denn in den letzten 70 Jahren Ihrer Meinung nach verändert?

Nun, der moderne Schlußverkauf ist immer schneller geworden, man hat kaum noch die Möglichkeit, die Ware über längere Zeit zu halten. Robustheit und Härte bestimmen das Geschehen, und da haben wir hier mit der Frau Gnöttgen eine Kundin aus der Oberliga – sie hat den untrüglichen Schnäppchenriecher, geht auch mal dahin, wo's wehtut – das können die Sanitärartikel sein, oder auch schon mal die gefürchtete Sonderbox "Frotteewaschlappen 5 Stück 85 Pfennig". Sie gibt keinen Artikel verloren, geht dabei leider manchmal über die Grenzen des Erlaubten…

…womit wir beim Regelwerk wären; wo genau liegen diese Grenzen?

Ja, das ist dat Übliche: Kopf zu tief, Fuß zu hoch, Aufstützen, Unterlaufen, Sperren ohne Ware, Angriff auf das Personal im Kassenbereich, und dann ihre gefürchtete Gnöttgen-Grätsche: Dafür kann's schon mal Hausverbot geben. Sie war ja seit dem letzten Sommerschlußverkauf gesperrt, danach lange verletzt, aber sie findet zu alter Form zurück und bringt mittlerweile wieder im Alleingang zwei große Farbfernseher an die Kasse. Also, sie hat ihre Chance, und ich habe ihr klipp und klar gesagt:
Herta, die Mark ist rund, und der Schlußverkauf dauert 14 Tage.

FRIEDHELM PÖTTER WINKT FRAU GNÖTTGEN, DIE IN EINER HALLENECKE DEHNÜBUNGEN MACHT, WIEDER AUF DEN PARCOURS.

So, Frieda, und jetzt komm' nochmal!!
Rechts die Handtücher sehen…
und die Socken mitnehmen und steil auf die Kasse!!!
Hopp hopp hopp hopp…

SUPER-SONDER-
TRAININGSLAGER
FÜR DEN
! WSV !
neu
SCHLAGEN SIE ZU!
FRÜHSPORT IN
WANDLITZ
MEGA-
ULTRA-
SONDERANGEBOT!
GARANTIERT GARE EIER!
RÜBE
DIE EIERUHR
GARANTIERT GARE EIER!

Stenkelfeld

Kaum jemand hat sich bisher ernsthaft die Mühe gemacht, einmal die wahren Motive von Menschen zu untersuchen, die sich bei Glatteis und Nieselregen auf den Weg machen, um eine herabgesetzte 10er Packung Lodenschlüpfer der Marke "Gletscherfrühling" zu ergattern, die nach Jahrzehnten unversehrt der Rumänienhilfe anvertraut wird.
Mysteriöse Vorgänge, die neben vielen anderen der Erklärung bedürfen.

Die letzten ungelösten Rätsel der Menschheit
– ein Vorstoß an die Grenzen des Verstandes –

lautet denn auch der Titel einer Langzeitstudie der Wim-Thoelke-Universität. Unter Leitung von Fakultätsleiter Dr. Walter Broermeyer haben sich führende Grenzwissenschaftler aus nah und fern zusammengefunden, um den Lösungen näherzukommen.
Grund genug für unseren Reporter, mit dem Forschungsleiter vor Ort ins Detail zu gehen.

Die letzten Rätsel der Menschheit

Das Geheimnis der Pyramiden, schwarze Löcher, die fünfte Dimension, der Leuchtturm von Alexandria – uralte Rätsel der Menschheit; Herr Dr. Broermeyer, kommen Sie hier den Lösungen näher?

Ja nun, was Sie da ansprechen, ist ja an und für sich weitgehend geklärt – diese Dinge habe ich ja schon vor Jahren erschöpfend behandelt – nein, nein: Hier geht es nun wirklich um die letzten Geheimnisse unseres Daseins.

Geheimnisse, denen man sich hier angeblich auch im Experiment genähert haben soll.

So ist es. So bemüht sich beispielsweise ein sechsköpfiges Forscherteam unter Leitung des Diplom-Kartografen Dr. Hönken nunmehr seit sieben Jahren, einen patentgefalteten "Falck"-Stadtplan nach Gebrauch wieder originalgetreu zusammenzulegen – übrigens mit beachtlichen Teilerfolgen: Die Gruppe hat den Plan mittlerweile auf eine Größe von 5 Quadratmetern bei nur 13 Einrissen zurückfalten können. Das Team steht jetzt im Bereich C7 bis K/L6 vor der Frage, ob das untere Achtel nach innen oder außen geknickt oder zunächst Teile des hinteren Viertels nach vorne gelegt werden müssen.
Eine Entscheidung mit weitreichenden Konsequenzen für das weitere Vorgehen, zumal jetzt doch Zeitdruck entsteht:
Das Projekt hat nur noch Forschungsgelder für knapp zwei Jahre.

Nun werden dies ja wohl nicht die einzigen Probleme sein, die Sie hier – immerhin aus Steuermitteln…

Nun, ich ahne bereits Ihren Einwand: Wir stehen natürlich mitten in einer facettenreichen Grundlagenforschung im Bereich von Grenzwissenschaften allgemein.

Ein besonders ehrgeiziges Ziel hat sich eine Gruppe von Statikern des Ingenieurbüros Grotköter gesteckt – hier soll geklärt werden, warum beim Zusammenbau des IKEA-Kleiderschranks "Søren Poggenstrøm" immer exakt 5 Teile übrigbleiben und die Rückwand nicht paßt. Nun sagte mir Herr Grotköter heute morgen, das Projekt würde im nächsten Monat wohl eingestellt; soviel habe man aber herausfinden können:
Bei der Montageanleitung handelt es sich

zweifelsfrei um die Visionen eines drogensüchtigen Grafikers aus Göteborg.

Maschinenbau und Elektronik sind weitere Schwerpunkte der Institutsarbeit. Wo setzen Sie da im einzelnen an?

Ein weites Feld bei uns ist der Bereich "Fahrzeugbau". Federführend in dieser Fakultät ist bei uns Diplom-Ingenieur Ernst Schröder. Er will den Nachweis erbringen, daß es möglich ist, bei einem Matra Simca Bagheera die Zündkerzen auszuwechseln, was nach den Gesetzen der Physik – wie wir sie kennen – natürlich nicht möglich ist. Das will Herr Schröder nun nicht wahrhaben; er hatte vor rund einem Jahr schon mal einen Zündkerzenstecker fast in der Hand, aber nun ist er weg.

...der Zündkerzenstecker...

Nein, der Herr Schröder. Wir vermuten ihn nun irgendwo zwischen der Lichtmaschine und der Gelenkwelle. Wenn Sie mal genau hingucken, hier genau von unten, sehen Sie noch so'n Hosenbein neben der Ölwanne. Sie wissen, der Mittelmotor als solcher widersetzt sich ja von Natur aus jeglichen Wartungsarbeiten; ein Phänomen, das Fiat und Citroën bereits auf Frontmotor ausweiten konnten.

Werfen wir noch einen Blick in die Forschungsabteilung **Bürotechnik**, wo gerade doch etwas Unruhe entstanden ist.
Ich sehe eine Dame, die offensichtlich in Schwierigkeiten geraten ist...

Jaja, das ist unsere Frau Grüntjes, eine Diplom-Handelslehrerin vom hiesigen Wirtschaftsgymnasium. Ihr ist es vor Wochen gelungen, bei einem Fotokopierer vom Typ "Nashua 3018" einen Papierstau zu beseitigen – nicht, ging ja auch groß durch die Presse – da ist sie uns denn leider doch wohl so'n bißchen übermütig geworden und will nun partout als weltweit erste Frau auch noch die Tonerkartusche auswechseln.
Was sie davon hat, seh'n Sie selbst, aber: Ich glaube, sie hat genug Biß, um weiterzuforschen

Hut ab! Bevor wir aus der Wim-Thoelke-Universität zurück ins Studio geben, sollten wir schnell noch mitnehmen, wie hier ein Team von Top-Informatikern die Timer-Programmierung eines Videorecorders **Samsung SVX 320** für die Sendereihe **Stillgestanden! Volksmusik** im Mitteldeutschen Rundfunk zum Abschluß bringt.

Ach so, ja, naja das müssen Sie selber wissen. Aber glauben Sie nicht, daß wir Sie die zwei Jahre hier mit durchfüttern!

Ing. Büro
Grotköter
SÖREN
POGGENSTRÖM

Im Gegensatz zu den vorangegangenen, ungelösten Rätseln der Menschheit, entfaltet sich das Mysterium abstrakter Kunst praktisch von selbst. Und wie schon bei der Autobahnbaustelle an der A1, der Inspektionsrechnung, dem Deutschen Wohnwagen oder dem Schreibtisch im Bauordnungsamt sind es auch im nächsten Werk eben nicht die populären Avantgardisten, sondern Menschen wie du und ich, die scheinbar unbeabsichtigt Großes schaffen.
Ein kleines Hungergefühl zu später Stunde führt im Folgenden zu unverhofftem Kunstgenuß.

Die Kunstgalerie Stenkelfeld präsentiert:
–100 Meisterwerke–

DIE TISCHDECKE

„Igitt, Liebling, nichts wie 'raus hier!" sagte einmal ein durchreisender Geschäftsmann aus dem Westfälischen zu seiner Gattin in Verkennung des Kunstwerkes, das wir heute einmal näher betrachten wollen. Obwohl unverkennbar in der Tradition der norditalienischen Spätgymnastik, stehen wir hier vor einem Deckengemälde, das mit den traditionellen Deckengemälden eines Michelangelo nur noch wenig gemein hat.

Scheinbar regellos und im willkürlichen Nebeneinander wollen sich die hingetupften Fragmente vor unseren Augen zerstreuen, um sich bei näherem Schauen zu einem Spiegel des Lebens wieder zusammenzufinden.

Da ist der prall gefüllte Aschenbecher in der Bildmitte. Großherzig läßt er die Umgebung an seinem Überfluß teilhaben und hüllt ein verlorenes Salatblatt in tristes Grau. Zerknüllte Servietten scharen sich wie schutzsuchende Polarfuchswelpen unter ein Alpenveilchen, das – von einem verschmähten Amaretto getränkt – seine Blütenpracht über eine tote Garnele wirft, als wolle es die verdorrten Gebeine eines Kameraden mit einem Feldmantel bedecken. Eine festgetrocknete Pepperoni stemmt sich mit letzter Kraft gegen ein Lambrusco-Rinnsal, das zunächst spielerisch nach links ausweicht, um sich dann doch in einem angebissenen Stück gekrusteten Weißbrots zu verlieren, gleichsam wie der Strom des Glücks im Schwamm der Zeit.

Vor allem die Symbole der Angst und der Gefahr sind es, die den Gast zunächst vor dem Kunstwerk zurückschrecken lassen.

Da sind die beiden schwarzen Oliven am linken Bildrand; einer Gemüsepizza entrissen, lauern sie unbeweglich in einer schwarzen Espressopfütze wie Ölfrüchte in einem Kaffeerest, als wollten Sie aller Welt zurufen: **Seht her! Wir sind doch nur Beilagen im schwarzen Meer des Ungeschicks!**

Arrogant und feindselig schlängelt sich eine grüne Bandnudel durch das gleich einem Lavastrom erkaltete Wachs einer längst verloschenen Kerze.

Beim ungeübten Betrachter verursacht dieses Deckengemälde vordergründig den Wunsch nach Distanz.

So ist es auch nur der strikten Annahmeverweigerung der Wäscherei Görtemöller zu verdanken, daß uns das Kunstwerk im Originalzustand erhalten ist. Seine Schöpfer haben es aus Bescheidenheit und vielleicht auch aus Furcht vor vergänglichem Ruhm ohne Signatur hinterlassen. In Form und Farbgebung wird es heute auf das Zusammenwirken einer niedersächsischen Busreisegruppe mit einer studentischen Wohngemeinschaft aus dem Süddeutschen zurückgeführt.

Das Original ist gerettet – doch die Nachahmer lauern überall.

ROMA

Auch "Die Tischdecke" ist ein Beispiel dafür, welche natürlichen, schöpferischen Kräfte sich aus dem Alltag heraus entwickeln können. Werden diese Kräfte allerdings wie ein Wildbach kanalisiert und begradigt, entstehen – sowohl in der Natur als auch in der Kunst – bedrohliche Überschwemmungsgebiete.

So hat die Kunstsoziologie festgestellt, daß hoher ästhetischer Approximationsdruck in kohärent ambitionierten Sozialstrukturen zu einer evident exponentiellen Kumulationskurve des Expressionshabitus von Trivialästhetik führen kann und muß.

Mit anderen Worten:

Vor Weihnachten wird es ganz schlimm.

Weihnachtsbeleuchtung

Sonntag, 1. Advent, 10 Uhr:
In der Reihenhaussiedlung Önkelstieg läßt die Rentnerin Erna B. durch ihren Enkel Norbert drei Elektrokerzen auf der Fensterbank ihres Wohnzimmers installieren.
Vorweihnachtliche Stimmung breitet sich aus, die Freude ist groß.

10 Uhr 14:
Beim Entleeren des Mülleimers beobachtet Nachbar Ottfried P. die provokante Weihnachtsoffensive im Nebenhaus und kontert umgehend mit der Aufstellung des zehnarmigen, dänischen Kerzensets **Juletrøten i Rømsø** zu je 15 Watt im Küchenfenster. Stunden später erstrahlt die gesamte Siedlung Önkelstieg im besinnlichen Glanz von 134 elektrischen Fensterdekorationen.

19 Uhr 3:
Im 14 km entfernten Kohlekraftwerk Sottrup-Höcklage registriert der wachhabende Ingenieur irrtümlich einen Defekt der Stromaggregate für den Bereich Stenkelfeld-Nord, ist aber zunächst noch arglos.

20 Uhr 17:
Den Eheleuten Horst und Heidi E. gelingt der Anschluß einer Kettenschaltung von 96 Halogen-Filmleuchten durch sämtliche Bäume ihres Obstgartens an das Drehstromnetz.
Teile der heimischen Vogelwelt beginnen verwirrt mit dem Nestbau.

20 Uhr 56:
Der Diskothekenbesitzer Alfons K. sieht sich genötigt, seinerseits einen Teil zur vorweihnachtlichen Stimmung beizutragen und montiert auf dem Flachdach seines Bungalows das Laser-Ensemble **Metropolis**, das zu den leistungsstärksten Europas zählt.
Die 40 Meter hohe Fassade eines angrenzenden Getreidesilos hält dem Dauerfeuer der Nikolausprojektion mehrere Minuten stand, bevor sie mit einem häßlichen Geräusch zerbröckelt.

21 Uhr 30:
Im Trubel einer Julklapp-Feier im Kohlekraftwerk Sottrup-Höcklage verhallt das Alarmsignal aus Generatorhalle 5.

21 Uhr 50:
Der 85-jährige Kriegsveteran August R. zaubert mit 190 Flak-Scheinwerfern des Typs **Varta-Volkssturm** den Stern von Bethlehem an die tiefhängende Wolkendecke.

22 Uhr 12:

Eine Gruppe asiatischer Geschäftsleute mit leichtem Gepäck und sommerlicher Bekleidung irrt verängstigt durch die Siedlung Önkelstieg. Zuvor war eine Boeing 747 der **Singapore-Airlines** mit dem Ziel Sidney versehentlich in der mit 3000 bunten Neonröhren gepflasterten Garagenzufahrt der Bäckerei Broermeier gelandet.

22 Uhr 37:

Die NASA-Raumsonde **Voyager** funkt vom Rande der Milchstraße Bilder einer angeblichen Supernova auf der nördlichen Erdhalbkugel. Die Experten in Houston sind ratlos.

22 Uhr 50:

Ein leichtes Beben erschüttert die Umgebung des Kohlekraftwerks Sottrup-Höcklage.

Der gesamte Komplex mit seinen 30 Turbinen läuft mit 350 Megawatt brüllend jenseits der Belastungsgrenze.

23 Uhr 6:

In der taghell erleuchteten Siedlung Önkelstieg erwacht die Studentin Bettina U. und freut sich irrtümlich über den sonnigen Dezembermorgen.

Um genau 23 Uhr 12 betätigt sie den Schalter ihrer Kaffeemaschine.

23 Uhr 12 und 14 Sekunden:

In die plötzliche Dunkelheit des gesamten Landkreises Stenkelfeld bricht die Explosion des Kohlekraftwerks Sottrup-Höcklage wie Donnerhall.

Durch die stockfinsteren Ortschaften irren verstörte Menschen. Menschen wie du und ich, denen eine Kerze auf dem Adventskranz nicht genug war.

Sydney

Stenkelfeld

Um den warmen Glanz der Weihnacht auch auf das Betriebsklima strahlen zu lassen, nutzt der erfahrene Firmenchef einen der besinnlichen Tage vor dem Fest zur Ausrichtung eines gemütlichen Beisammenseins der Gesamtbelegschaft unter dem Adventskranz. Denn wann sonst bietet die ansonsten sachliche Geschäftigkeit des Arbeitsalltags eine bessere Gelegenheit zur zwanglosen Begegnung: Ein kleines Popokneifen hier, eine lustige Verleumdung dort und gern auch mal eine deutlich gelallte Meinung zur Kompetenz der Führungsetage.

Ein echter Jahreshöhepunkt, nicht nur in Stenkelfeld.

Die Weihnachtsfeier

Dienstag, 14. Dezember, 19.56 Uhr:
In der festlich geschmückten Werkstatthalle des Autohauses **Oertel** im Gewerbegebiet Stenkelfeld treffen die ersten Belegschaftsmitglieder zur Weihnachtsfeier ein.

20 Uhr 16:
Nach einem Tusch der 2-Mann-Kapelle **Die Avocados** aus Voxtrup vergißt Seniorchef Heinrich Oertel in seiner unbeholfenen Begrüßungsansprache die obligatorischen Dankesworte an den Festausschuß.
Ein Fehler, der sich noch rächen soll.

20 Uhr 30:
Werkstattleiter Düvelskirchen entfacht unter den Angestellten eine latente Angriffsbereitschaft gegen den Party-Service Westerkamp. Ein halbherziger Schlichtungsversuch von Seniorchefin Marie Oertel mit dem Hinweis, die gereichte Rinderkraftbrühe sei immerhin schön heiß, stößt ins Leere.
Die hämischen Nörgeleien am Essen nehmen zu.

21 Uhr 31:
Die **Avocados** drohen erstmals mit dem Abbruch Ihres Auftritts, nachdem sich Altgeselle Horst B., beflügelt durch den hastigen Genuß von 11 Gläsern Glühwein, mit einem herumliegenden Bolzenschneider an den Lautsprecherkabeln der Gesangsanlage zu schaffen machte. Zuvor war sein Musikwunsch **Alte Kameraden** von der Kapelle mit hämischem Grinsen ignoriert worden.

21 Uhr 58:
Bürolehrling Kerstin B. verrichtet mit hochrotem Kopf ihre Notdurft auf dem Rücksitz eines Kundenfahrzeuges. Der Grund:
Seit 21 Uhr ist die einzige Damentoilette der Firma besetzt; seitdem fehlen auch, wie jetzt auffällt, der smarte Junior-Chef Peter Oertel und eine junge Angestellte aus der Reparatur-Annahme.

23 Uhr 14:
Lagerist Walter K. aus der Ersatzteil-Ausgabe erörtert am Telefon mit seinem Anwalt die Chancen einer Verleumdungsklage gegen den Urheber des ihm gewidmeten Julklapp-Gedichtes mit der Textzeile **Am Teiletresen Mittelschicht steht hier das dümmste Sackgesicht**.
Zeitgleich ermittelt Seniorchef Heinrich Oertel haßerfüllt den Absender eines ihm zugedachten Geschenkkartons mit ca. 4 Pfund gefrorenem Hundekot.
Die Veranstaltung droht zu kippen.

0 Uhr 41:
Eine Gruppe von KFZ-Lehrlingen bedroht den Organisten der **Avocados** Knut R. mit einem 24er Maulschlüssel, weil die zuvor erzwungene Darbietung eines AC/DC-Titels viele Wünsche offenließ. Minuten später zerfetzt die Kurbelwelle eines Mercedes-Transporters das neuwertige Instrument von **Avocado**-Schlagzeuger Sascha P.
Fortan kommt die Musik vom Plattenspieler.

1 Uhr 7:
Während der völlig betrunkene Juniorchef unter dem Gejohle der Verkaufsabteilung das schwarze Spitzenhöschen der jungen Angestellten aus der Reparaturannahme vor der nun frei gewordenen Damentoilette amerikanisch versteigert, gerät ein altes Innungskunststück mit zwei Schneidbrennern und einer alten Bremsleitung – vorgeführt von Werkstattleiter Düvelskirchen – außer Kontrolle. Die Explosion des Tanklagers ist bis ins Stadtzentrum zu hören.

1 Uhr 35:
Die Bergungs- und Löscharbeiten im Autohaus Oertel kommen wegen Personalmangels nur mühsam voran. Große Teile der Rettungsmannschaften sind bereits auf Weihnachtsfeiern in umliegenden Ortschaften im Einsatz.

3 Uhr 00:
Schließlich gelingt es einer Hubschrauberbesatzung des THW, durch das Dach der Werkstatthalle den Altgesellen Horst B. aufzunehmen, der bis zuletzt mit einem abgebrochenen Scheibenwischer am Plattenspieler **Alte Kameraden** dirigierte.

5 Uhr 28:
Das Gewerbegebiet Stenkelfeld ist nicht mehr. Die rauchenden Trümmer des Autohauses Oertel sowie des benachbarten Getreidehandels sind stumme Zeugen eines festlichen Beisammenseins von Menschen. Menschen wie du und ich, die nur mal im Kollegenkreise weihnachtlich feiern wollten.

OERTEL RACING
MIT OERTEL IMMER BLEIFUSS

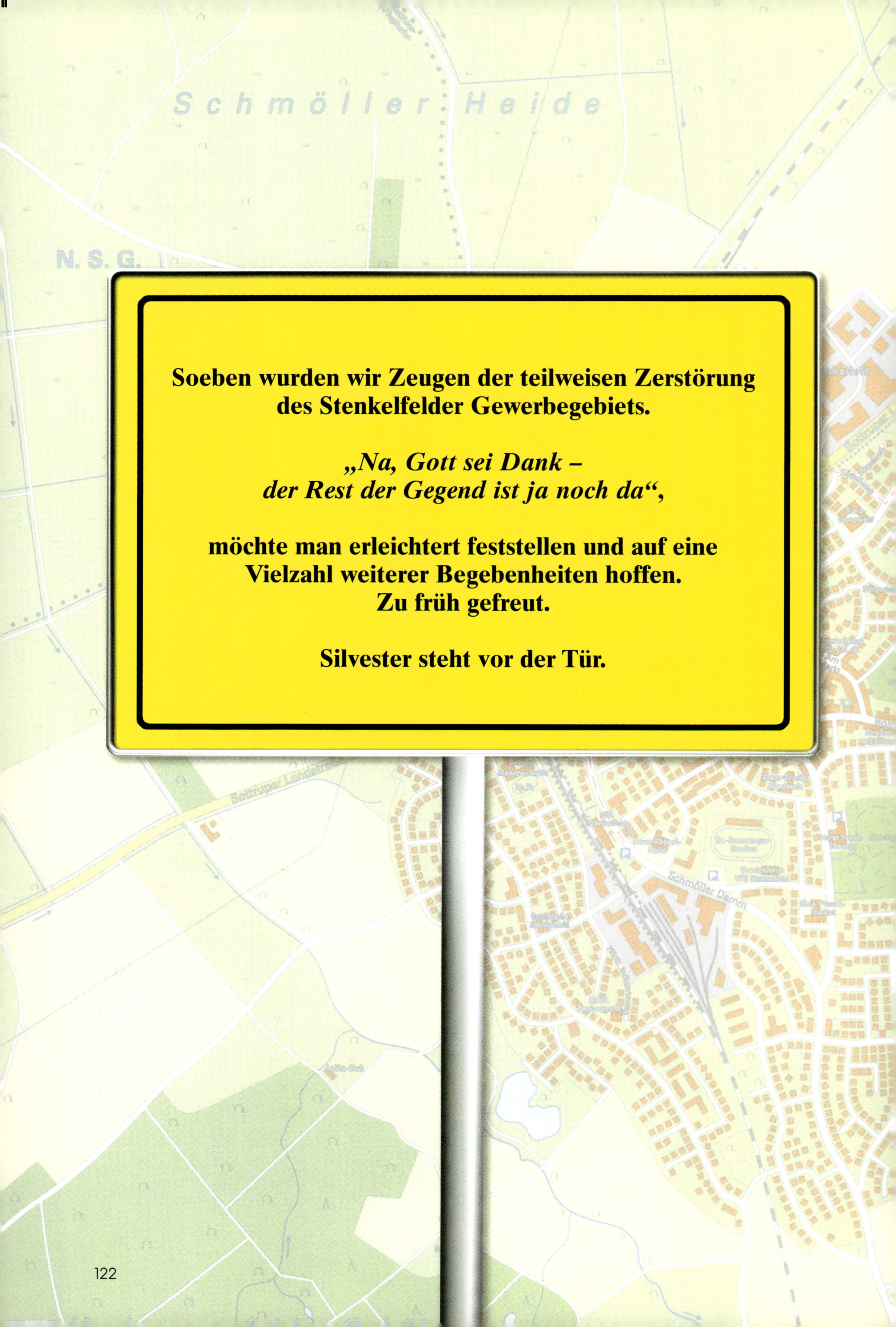
Schmöller Heide
N. S. G.
Soeben wurden wir Zeugen der teilweisen Zerstörung
des Stenkelfelder Gewerbegebiets.
„Na, Gott sei Dank –
der Rest der Gegend ist ja noch da“,
möchte man erleichtert feststellen und auf eine
Vielzahl weiterer Begebenheiten hoffen.
Zu früh gefreut.
Silvester steht vor der Tür.
Sottruper Landstraße
Schmöller Damm

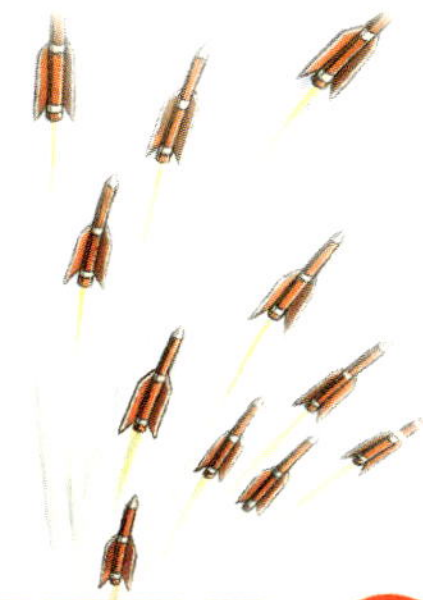

DIE KETTENREAKTION

Freitag, 30. Dezember, 10 Uhr 43:

Gut 37 Stunden vor dem Jahreswechsel. Eine schier unerträgliche Spannung lastet über der Reihenhaussiedlung **Am Önkelstieg**. Die Feuerwehr des Landkreises geht davon aus, daß sich allein auf diesen Ortsteil, dessen Einwohner seit Weihnachten der Stunde Null entgegenfiebern, Silvesterfeuerwerk mit einer Gesamtsprengkraft von über 120 Kilotonnen konzentriert.

Das mit Bränden und Explosionen aller Art vertraute Katastrophen-Einsatzteam unter Leitung von Bürgermeister Oelgemöller trifft sich zu einer letzten Lagebesprechung.

Zu spät, wie sich zeigen soll.

10 Uhr 46:

Ein an sich unbedeutender Zwischenfall durchkreuzt den Zeitplan und das sorgfältige, taktische Konzept des örtlichen Krisenstabes.

Nachdem die Rentnerin Erna B. im Stallgebäude ihres Kleingartens die Kaninchen versorgt hat, entreißt ihr ein Windstoß die Schuppentür, die mit einem vernehmlichen Knall hinter ihr zufällt.

Von nun an überschlagen sich die Ereignisse.

10 Uhr 48:

Der vermeintliche Erstschlag aus der Nachbarschaft trifft den Familienvater Fred S. völlig unvorbereitet.

In einer viel zu flachen Flugkurve startet sein hastig entzündetes Raketensortiment **Cape Canaveral**, dessen Werbe-Aufdruck **Eine Zündung – sechs mal Sternenzauber** unterwegs sein Versprechen hält.

Ein Sternenzauber findet mit unglücklicher Präzision den Weg in einen Lüftungsschacht der Bäckerei Höltmannspötter. Die anschliessende Mehlstaubexplosion in der Backstube läßt die von Erwin Höltmannspötter vor Wochen angeregte Aktion **Brot statt Böller** schlagartig in einem ganz anderen Licht erscheinen und zerstreut neben 400 Apfeltaschen und allerlei Schmalzgebäck auch letzte Bedenken in der Siedlung.

11 Uhr 2:

Mit dem feinen Instinkt des eingeborenen Stenkelfelders fühlt sich der 17-jährige KFZ-Lehrling Sven G. berufen, dem beachtlichen Hammer aus der Bäckerei eine angemessene Antwort zu geben.

Seine in mühevoller Kleinarbeit selbstentwickelte Bombenkette aus zwölf gegeneinandergeschraubten VW-Zylindern belohnt mit fulminanter Wirkung das rege Interesse am fachkundlichen Unterricht in der Kreisberufsschule.

13 Uhr 45:

Es ist passiert.

Mit einem satten Vorsprung von 36 Stunden haben die Bewohner der Siedlung Önkelstieg bei der Begrüßung des neuen Jahres wieder einmal die Nase vorn. Gegen 14 Uhr verhilft der auflebende Südostwind der großen Familienpackung **Feuerball** mit 17 Leuchtraketen und mehr als 90 bunten Effekten zu ungeahnter Reichweite.

14 Uhr 2:

Immerhin 15 dieser bunten Effekte erreichen am drei Kilometer entfernten Ostufer des Stenkelfelder Sees den Balkon des 83-jährigen Kriegsveteranen und Militaria-Sammlers August R.

Vom Feuerschein und alten Erinnerungen aus dem Mittagsschlaf geweckt, beschließt der alte Mann, sein kostbarstes Sammlerstück zu opfern. Minuten später gleitet ein 8 Meter langer Torpedo der V-Klasse aus dem seinerzeit vor Danzig havarierten U 435 aus seinem Bootsschuppen und nimmt Kurs auf das gegenüberliegende Seeufer. Nach 4 Minuten und 12 Sekunden erfolgt der Einschlag in die Promenadenterrasse des Gasthofs Knollmeier.

14 Uhr 21:

Drei gedeckte Apfelschnitten, ein Kännchen Hag, 2 Plastik-Gartenstühle und ein Sonnenschirm-Betonständer durchschlagen nacheinander das dünne Holzdach der Wachbaracke an der Martin-Luther-Kaserne im Nachbarort Heringsmoor und verfehlen den diensthabenden Hauptgefreiten Ronald C. nur um Haaresbreite. Der durch den hastigen Genuß von anderthalb Flaschen Küstennebel ungewohnt entschlußfreudige Berufssoldat trifft in dem durch Weihnachtsurlaub entvölkerten Militärstützpunkt eine einsame Entscheidung. Die 16 Luftabwehrraketen vom Typ **Herkules III** erheben sich majestätisch in den Dezemberhimmel.

14 Uhr 43:

Das Hachmannsfelder Gehölz, die Siedlung Önkelstieg, die Straßenzüge Schmöller Damm, Bölterkamp, Sögelweg, Blömkerallee, weite Teile des Industriegebiets Sottrup sowie der komplette Rangierbahnhof Höcklage sind nicht mehr. Durch die rauchenden Trümmer einer Mondlandschaft irren Menschen wie du und ich.

Menschen, die mit ihrem Silvesterfeuerwerk einfach nicht mehr warten konnten.

Brot statt Böller
WARNUNG:
Sicherheits-
Stufe
1

Stenkelfeld - Fan - Artikel

Best.-Nr. 1321

Orig. Email-Ortsschild
30 x 20 cm

Best.-Nr. 1322

Blechpostkarte mit Umschlag

Best.-Nr. 1326

Fußmatte „Schuhe abtreten!"
ca. 60 x 40 cm

Best.-Nr. 1327

Feuerzeug
„Ich häng mit drin!"

Der „2-Jahres-Kalender"
29,7 x 42 cm
Best.Nr. 1330

Best.-Nr. 1320

Stick-Pin
3 x 2 cm

Best.-Nr. 1319

Schlüsselanhänger
4,4 x 2,7 cm

Best.-Nr. 1318

1 Paar Socken (40-46)
Farbe: hell-dunkel Jeans

Best.-Nr. 1323

Kaffeebecher schwarz
„Alles verboten!"

Best.-Nr. 1325

Kaffeebecher schwarz
„Halt mal!"

Best.-Nr. 1324

Kaffeebecher schwarz
„...und jetzt kommen Sie!"

Alle weiteren wichtigen Bestell-Informationen entnehmen Sie bitte beiliegender Bestellkarte.

- Bei Beanstandungen sind Reklamationen nur innerhalb von 10 Tagen nach Lieferung möglich. Senden Sie einfach die Artikel portofrei an den NDR SHOP zurück. Die Originalverpackungen der beanstandeten Artikel dürfen nicht beschädigt sein.
- Alle Angebote sind freibleibend. Kleine Abweichungen in Farbe, Form und Dekor können auftreten.
- Wir nehmen Sie in die NDR-Kundenkartei auf. Sie erhalten dann stets unseren neuesten Katalog.
- Erfüllungsort und Gerichtsstand ist Hamburg.

Ihr NDR SHOP

Bestellen Sie entweder per Post, per Fax 040/89970777
oder über die NDR SHOP HOTLINE.

NDR SHOP HOTLINE **01805/117717**
Montag bis Freitag von 12:00 bis 20:00 Uhr

NDR SHOP · Postfach 570236 · 22771 Hamburg

ndr 2
AUF CD ERSCHIENEN
Kat.Nr. 00295
Stenkelfeld
ndr 2
Kat.Nr. 96001
Stenkelfeld
emPÖÖÖrEND
Stenkelfeld
DIE DRITTE
selected Comedy
Kat.Nr. 96007
ndr 2
AMTSGERICHT
Stenkelfeld
DIE LETZTE
selected Comedy
Kat.Nr. 97011
ndr 2
Stenkelfeld
ZUGABE
NEU
selected Comedy
Kat.Nr. 98003
selected Comedy
www.Stenkelfeld.de
GANSER & HANKE
MUSIKMARKETING GMBH

Epilog

Claudia Schiffer ist nicht schön.

Dr. Best ist ein bezahlter Schauspieler.

Freddy Quinn ist verhaltensauffällig.

Lena Valaitis singt falsch.

Max Schautzer wirkt verkrampft.

OB-Verwenderinnen haben auch ihre Probleme.

Die DDR gibt es noch.

Der FC Bayern München ist unsympathisch.

Was der Mehrheit gefällt, ist häufig nicht gut.

Davon handelte dieses Buch.

Guten Tag!